Umschlag: & Co graphikdesign www.und-co.at
unter Verwendung eines Fotos © freestocktexture
Satz: AD
Druck: Theiss

MIX
Papier aus verantwortungsvollen Quellen
FSC® C012536

ISBN 978-3-85420-960-7

www.droschl.com
Literaturverlag Droschl Stenggstrße 33 A-8043 Graz

Bernhard Strobel

Ein dünner Faden

Erzählungen

Literaturverlag Droschl

Alles ist bestens

Ich stand am Schlafzimmerfenster und schaute hinunter auf die Straße, Bettina war im Garten und deckte den Swimmingpool ab, richtete Liegestühle und Handtücher her und brachte ein großes Frühstück hinaus zum Tisch. Sie fühle sich wie im Urlaub auf einer griechischen Insel, hatte sie am Morgen zu mir gesagt. Ich war noch etwas müde gewesen, weil ich erst spät in der Nacht schlafen gegangen war, und wollte noch eine halbe Stunde im Bett bleiben. Aber nachdem sie sich angezogen hatte und aus dem Zimmer gegangen war, konnte ich nicht mehr einschlafen und stand ebenfalls auf. Es war nahezu windstill und ich konnte das Klirren des Bestecks und der Tassen durch die offen stehende Terrassentür bis nach oben ins Schlafzimmer hören. Ich ging nicht zu ihr hinunter. Ich dachte: Sie wird mich holen kommen, wenn es soweit ist, und wollte mich wieder ins Bett legen, damit sie, falls sie heraufkam, glaubte, ich würde schlafen, und sie keine Gelegenheit hätte mir vorzuwerfen, dass ich nur untätig herumstünde, ich hatte noch eine Zeitschrift in der Schublade des Nachtkästchens, die ich lesen wollte und schnell verstauen konnte, wenn ich ihre Schritte auf der Treppe hörte. In dem Moment sah ich vorn bei der langen Kurve einen Polizeiwagen einbiegen.

Es kommen nicht oft Uniformierte in unsere Siedlung am Ortsrand, und da es am anderen Ende der Straße keinen Weg gibt, der ins Dorf zurückführt, wollte ich noch etwas stehenbleiben und zusehen, es geschieht so selten etwas Aufregendes in der Gegend, der letzte Einbruch muss fünf Jahre her sein. Ich öffnete das Fenster und verfolgte den Wagen mit den Augen. Außer dem leisen, gleichmäßigen Rauschen der Autoreifen auf dem Asphalt war fast nichts zu hören; kein Kind quengelte, kein Vogel trillerte. Ich war gespannt, wohin sie fuhren, ob sie womöglich anhalten und aussteigen und jemanden aus dem Haus läuten würden. Und noch gespannter war ich, als sie direkt unter mir einparkten und den Motor abstellten.

Sie waren zu zweit. Ich schlüpfte in die erstbeste Hose, die ich fand, zog meine Hausschuhe an und ging hinunter. Ich war entschlossen, sie nicht hereinzubitten. Was sie zu sagen hatten, konnten sie genauso gut vor der Tür sagen. Ich sperrte auf. Sie grüßten und entschuldigten sich für die Störung. Ich machte einen schnellen Schritt vor die Tür, sie sollten wissen, dass ich nicht beabsichtigte, sie hereinzubitten. Bettina war nicht nach vorne gekommen. Einen Augenblick bildete ich mir ein, Schritte auf dem Pflasterweg zu hören, der an der Hausmauer entlang in den Garten führt. Doch als ich mich umwandte, um nachzusehen, war sie nicht zu entdecken. Sie fragten, ob ich einen Augenblick Zeit hätte, um ein paar Fragen zu beantworten. Ich erkundigte mich, worum es ginge.

»Wo waren Sie Freitag Abend gegen elf Uhr?«

Ich stutzte. Die Frage kam zu schnell und direkt, als dass ich spontan hätte darauf antworten können. Ich hatte nichts dagegen, dass sie ohne Umschweife zur Sache kamen, aber es gefiel mir nicht, unvorbereitet mit einer Frage konfrontiert zu werden, auf die ich nicht rundheraus antworten konnte. Doch dann dachte ich, dass ich überhaupt nicht spontan zu antworten brauchte, niemand kann verlangen, dass einem die Ereignisse der vergangenen Tage mit den dazugehörigen Uhrzeiten ohne Bedenkpause einfallen. Mir kam trotzdem nichts Besseres in den Sinn, als noch einmal zu fragen, worum es ging.

»Beantworten Sie bitte die Frage.«

»Unterwegs«, sagte ich, »ich war unterwegs.«

»Wo genau waren Sie?«

Ich ließ mir einige Zeit, bevor ich antwortete, dass ich zunächst im Tankstellencafé ein Bier oder zwei gehabt hätte und danach weitergezogen sei, in Faustners Bistro und anschließend in Neumanns Gaststube. Darauf entgegneten sie nichts. Ich hatte das Gefühl, dass sie gern mehr gehört hätten. Ich tat ihnen den Gefallen und ergänzte, dass das meine übliche Tour sei, dass ich jeden zweiten oder dritten Freitag eine solche Runde drehte. Sie nickten mit ausdruckslosen Gesichtern, und nach einer kurzen Unterbrechung fragte der eine:

»Was sagen Sie dazu, dass jemand Sie Freitagabend gegen elf in der Nähe der Scheune des Großbauern Meissner gesehen hat?«

»Wer hat mich gesehen?«

»Das spielt keine Rolle«, sagte derselbe, wobei er nicht aufhörte, meine Augen zu fixieren. Er fügte hinzu: »Da Sie aber gerade Neumanns Gaststube erwähnen: Die liegt doch ein gutes Stück von der Scheune entfernt, oder nicht?«

Ich antwortete nicht; er kannte sich gewiss aus in der Ortschaft und wusste genau, dass man an Meissners Scheune nicht zufällig vorbeikam. Ich fühlte mich an der Nase herumgeführt. Wenn er wissen wollte, ob ich dort gewesen war, hätte er mich genau das fragen können. Ich beschloss, nichts mehr dazu zu sagen. Ich hatte alles gesagt, was ich zu sagen hatte, und nachdem ich ein drittes Mal gefragt hatte, worum es ginge, erklärte er endlich, es habe einen Brand gegeben, die erwähnte Scheune sei die dritte, die innerhalb eines kurzen Zeitraums abgebrannt sei, weshalb man mit großer Wahrscheinlichkeit von Brandstiftung ausgehen müsse. Ich seufzte, weil mir nichts anderes einfiel. Ich sah, dass sie sich bemühten, etwas aus meinem Gesicht abzulesen, ein Zeichen, das ihnen Aufschluss darüber geben könnte, wie sie mich einschätzen sollten. Ich empfand es als unangenehm, auf diese Weise gemustert zu werden, und gab mir wenig Mühe, ihnen das zu verbergen. Sie sagten, ich solle mich zu ihrer Verfügung halten, sie würden meine Angaben überprüfen und sich gegebenenfalls nochmals bei mir melden. Dann verabschiedeten sie sich. Ich wartete, bis sie ins Auto gestiegen waren. Auch jetzt konnte ich Bettina nirgendwo sehen. Ich stellte mich an die Hausmauer und hielt den Atem an, um zu lauschen. Aus irgendeinem Grund hatte ich das Gefühl, dass sie dasselbe auf der gegenüberliegenden Seite des Hauses tat, dass sie auf der anderen Seite an der Hausmauer lehnte und den Atem anhielt. Die Stille war annähernd vollkommen, nur einmal war entfernt das Knattern eines Mopeds zu hören, sonst bewegte sich nichts. Erst nach einiger Zeit hörte ich das kratzende Geräusch eines Holzstuhls, der auf dem Steinboden der Terrasse verrückt wurde. Es schien mir unwahrscheinlich, dass sie nichts gehört haben sollte, allein das Öffnen und Schließen der massiven Eingangstür ist unter normalen Umständen bis nach hinten in den Garten zu hören. Aber ich konnte nicht sicher sein, und so ging ich nicht am Haus vorbei, sondern schlich leise hinein, um von drinnen auf die Terrasse zu treten.

Sie saß am Tisch und schnitt Brot. Sie war so versunken, dass sie mich nicht kommen hörte. Ich setzte mich. Ich wartete, ob sie etwas sagen würden. Dann sagte ich: »Morgen.« Sie blickte kurz auf und sagte ebenfalls: »Morgen.« Sonst verlief das Frühstück größtenteils wortlos. Von ihrer Freude über die mediterrane Stimmung war nicht mehr viel zu spüren. Das Klima war im Gegenteil kühl, und wir versteckten uns beide gekonnt hinter routinemäßigen Handgriffen. Bettina war in einem Artikel einer Zeitschrift gefangen, während ich die meiste Zeit geradeaus vor mich hin starrte. Als sie mich einmal fragte, ob ich noch Kaffee wolle, erschrak ich, so sehr überraschte es mich, ihre Stimme zu hören. Sie blickte mich erstaunt an. Einen Augenblick hatte ich den Eindruck, sie würde etwas sagen. Aber sie sagte nichts. Ich schaute sie ziemlich direkt an. Ich dachte: Wenn sie nichts sagt, werde ich auch nichts sagen. Wenig später stand ich auf, lud das Geschirr aufs Tablett und trug es ins Haus. Danach ging ich nach oben, um mich zu waschen. Als ich zurückkam, hatte Bettina ihren Bademantel ausgezogen und lag auf einem Liegestuhl neben dem Pool. Ich blieb etwas abseits stehen und betrachtete ihre Figur im Bikini. Dass sie ausgerechnet jetzt mit ihren Reizen aufwarten muss, dachte ich. Sie hatte ein großes Buch vor dem Gesicht, in das sie anscheinend vertieft war. Einen Moment fragte ich mich, ob sie tatsächlich nichts gehört hatte, die Glocke auf der Rückseite des Hauses funktionierte schon seit Jahren nicht mehr, und womöglich hatte das Herrichten des Frühstücks sie so in Anspruch genommen, dass sie die Stimmen draußen auf der Straße nicht gehört hatte. Doch als ich sie jetzt so liegen sah, abwesend, aber dennoch mit einer merklichen Spannung im Körper, als müsse sie jederzeit auf etwas gefasst sein, hegte ich keinerlei Zweifel mehr, dass sie alles genau mitverfolgt hatte. Ich ging noch einmal ins Haus, um Zigaretten und eine Zeitschrift zu holen und mir meine Badeshorts anzuziehen.

Als ich nach etwa zehn Minuten in den Garten zurückkehrte, war Bettina im Wasser. Sie hatte eine Sonnenbrille auf und lehnte mit ausgestreckten Armen am Beckenrand. Wir hatten seit der Früh kaum ein Wort gesprochen. Eine Zeit lang blieb ich so vor ihr stehen, dass mein Körper einen Schatten auf ihr Gesicht warf, dann legte ich mich in den Liegestuhl. Ich war entschlossen, sie mit ihren eigenen Waffen zu schlagen. Ich fand es kindisch von ihr, dass sie nichts sagte, sie musste sich im Klaren darüber sein, dass sie sich gerade durch ihr Schweigen verriet. Doch als mir mit einiger Verspätung bewusst wurde, dass sie dasselbe von mir denken konnte, wusste ich nicht, wer von uns beiden mehr im Recht war. Ich beschloss, das Schweigen zu unterbrechen, und fragte, ob das Wasser angenehm sei. Sie antwortete, das sei es. Ich fragte, ob es nicht noch ein wenig kühl sei, normalerweise brauche es immer einige Tage, bis es die richtige Temperatur habe. Ihre Antwort war, dass sie sich vom Beckenrand abstieß, noch bevor ich meinen Satz zu Ende gesprochen hatte, sodass sie ohne schlechtes Gewissen so tun konnte, als ob sie mich nicht gehört hätte, als ob meine Frage in dem Rauschen ihrer Schwimmbewegungen untergegangen wäre. Ich war verärgert und überlegte, ob ich aufstehen und ins Haus gehen sollte. Ich entschied mich dafür, mir nichts anmerken zu lassen und abzuwarten, was sie tun würde. Sie schwamm insgesamt wohl zehn Längen, bevor sie an denselben Platz am Beckenrand zurückkehrte und fragte, ob ich nicht vorhätte, ins Wasser zu gehen. Ich antwortete, ich sei müde und wolle lieber ein bisschen dösen. Da schien ihr blitzartig eine Idee in den Kopf zu schießen und sie machte den Vorschlag, ich solle noch eine Viertelstunde warten, bevor ich mich hinlegte, sie hätte ohnehin vorgehabt, eine Kleinigkeit einzukaufen, dann könne ich in der Zwischenzeit, während sie zum Supermarkt fahre, noch ein Stündchen schlafen. Ich sah sie erstaunt an.

»Du hast nicht gesagt, dass du noch einkaufen musst.«

»Nein, ich weiß«, sagte sie, und nach einer Weile erklärte sie, dass wir keine Butter mehr hätten und sie ohnehin für den Abend eine Flasche Wein besorgen wollte. Ich nickte. Es sah ihr nicht ähnlich, spontane Einkäufe zu machen, und auch der plötzliche Sinneswandel und ihre helle Stimme machten mich misstrauisch. Sie stieg aus dem Wasser und erklärte, sie werde mir Bescheid sagen, wenn sie fahre, sie wolle nur kurz eine Dusche nehmen. Es war offensichtlich, dass sie es vermeiden wollte, sich in meiner Nähe aufzuhalten; sie nahm eilig ihr Handtuch vom Liegestuhl und trocknete sich im Gehen ab. Sie machte sich nicht einmal die Umstände, die Terrassentür hinter sich zuzuschieben. Ich schlug die Zeitung auf, ohne zu lesen. Ich war gelinde gesagt irritiert. Ich dachte: Warum hat sie nicht gesagt, dass sie mich mit der Polizei hat reden hören? Warum versteckt sie sich? Was verspricht sie sich von der Heimlichtuerei? Als ich einige Minuten später aufblickte und nach oben zum Schlafzimmer schaute, sah ich sie in der Ecke neben dem Fenster stehen und zu mir nach unten sehen. Sie musste schon länger dort gestanden sein und mich beobachtet haben: Als sie merkte, dass ich sie bemerkte, erschrak sie und ließ die Gardine zurück an ihren Platz fallen.

Sie hatte Shorts angezogen und eine Stofftasche in der Hand. Sie trat nicht in den Garten, streckte nur den Kopf durch die Terrassentür und erklärte, sie werde jetzt fahren. Es schien, als wollte sie schnellstmöglich verschwinden. Ich erhob mich aus dem Liegestuhl, langsam, und ging zu ihr hin. Ich fragte, warum sie vorhin erschrocken sei, als ich sie am Schlafzimmerfenster hatte stehen sehen.

Sie tat überrascht und fragte: »Bin ich erschrocken?«

Ich antwortete nicht. Sie suchte angestrengt nach einer Entgegnung. Nach einer kurzen Pause schüttelte sie den Kopf und sagte:

»Du irrst dich, ich bin nicht erschrocken. Warum sollte ich nach vierzehn Jahren vor dir erschrecken?«

Ich war verärgert über ihre Weigerung, zu ihrer Reaktion zu stehen, und wusste nicht, was ich antworten sollte. Ich dachte, mit ihrer letzten Bemerkung wäre das Thema erledigt, da blickte sie mir scharf in die Augen und sagte:

»Wenn du glaubst, ich wäre erschrocken, solltest du vielleicht deine eigene Einschätzung der Dinge hinterfragen. Vielleicht gibt es ja etwas, wovor du glaubst, dass ich erschrecken müsste.«

Ihre Stimme war lauter geworden; am Ende war es fast schon ein Schreien. Sie drehte sich um und ging mit schweren Schritten zur Tür. Jedoch wurde die Wirkung ihres Fortgehens gedämpft, als sie noch einmal umkehren musste, um den Autoschlüssel zu holen, den sie auf dem Esstisch vergessen hatte.

★

Ich legte mich nicht hin, wie ich es zu ihr gesagt hatte, sondern als ich hörte, dass draußen vor dem Haus die Autotür zufiel und sie den Motor anließ, zog ich ein T-Shirt und Schuhe an und holte das Fahrrad aus dem Schuppen ganz hinten im Garten. Ich fuhr bis ans andere Ortsende. Die Fahrt dorthin dauert im Normalfall kaum länger als zehn Minuten, aber den letzten Teil der Strecke legte ich nicht auf der Straße zurück, sondern nahm den Umweg über die hinteren Feld- und Güterwege, ich wollte nicht noch einmal in der Nähe der Scheune beobachtet werden. Ich hielt auf einer kleinen Anhöhe, von der aus man das ganze Gebiet überblickte. Die Scheune war fast zur Hälfte abgebrannt. Sie lag etwas abseits von einer langen Häuserreihe, doch aufgrund ihrer Größe und Lage musste sie von allen Fenstern aus gut zu sehen sein. Ich stieg ab und setzte mich ins Gras hinter einen schmalen Streifen mit Sträuchern, deren untere Partien weniger dicht waren, sodass ich einen guten Ausblick hatte und nur von jemandem gesehen werden konnte, der nach mir suchte. Ich richtete den Blick auf den Anfang der Straße und ging die Häuser der Reihe nach durch. Ich wollte mir eine Zigarette anzünden, stellte aber fest, dass ich sie in der Eile vergessen hatte. Stattdessen fand ich einen Grashalm, an dem ich kaute. Ich war etwas unruhig, weil ich nicht wissen konnte, ob ich zu früh oder zu spät gekommen war. Sofern Bettina die Einkäufe, die bestimmt nur ein Vorwand waren, wirklich erledigte, würde sie höchstwahrscheinlich erst auf dem Rückweg zum Supermarkt fahren, da sie üblicherweise Produkte wie Milch und Butter nicht länger als nötig im Auto ließ. Sie war nirgendwo zu sehen. Ich beschloss, eine Viertelstunde zu warten, bevor ich wieder zurückfahren würde.

Sie kam, als ich nicht mehr damit gerechnet hatte. Ich war gerade aufgestanden, um mich aufs Fahrrad zu setzen, als ich vorn bei der aufgelassenen Bäckerei unser Auto in die Straße einbiegen sah. Ich ließ mich rasch wieder hinfallen. Ich dachte: Sie hat also doch alles gehört. Sie rollte im Schritttempo an den Häusern vorbei. Ich ließ sie nicht aus den Augen. Ich war gespannt, ob sie anhalten oder sogar aussteigen würde. Schließlich hielt sie vor dem Haus ihrer Freundin Lisa, das knapp fünfzig Meter von der Scheune entfernt liegt. Sie stieg nicht aus. Sie blieb mindestens fünf Minuten vor dem Haus stehen. Ich konnte sehen, dass sie den Motor abstellte. Aber sie stieg nicht aus. Offenbar kämpfte sie mit der Entscheidung, ob sie hineingehen oder lieber nicht hineingehen sollte. Es ärgerte mich, dass ich nicht daran gedacht hatte, das Fernglas mitzunehmen, ich hätte gern gesehen, wohin sie blickte, mit ein wenig Glück hätte ich sogar etwas über ihren Gesichtsausdruck erfahren können. Ich wartete, bis sie den Motor wieder anstellte. Dann stand ich auf, setzte mich aufs Fahrrad und fuhr denselben Weg zurück, den ich gekommen war.

Sie war schon im Garten, als ich nach Hause kam. Eine ganze Weile stand ich drinnen vor der Terrassentür und überlegte, ob ich zu ihr nach hinten gehen sollte oder so tun, als wäre ich nicht weg gewesen. Ihr musste nicht notwendigerweise aufgefallen sein, dass ich das Haus verlassen hatte, ich hatte mich bemüht, die Haustür so geräuschlos wie möglich aufzuschließen, und es war gut denkbar, dass sie noch nicht im Schlafzimmer gewesen war oder das Fehlen meiner Schuhe auf der Ablage bemerkt hatte. Da ich aber nicht sicher sein konnte, ging ich nach hinten. Sie hatte noch Straßenschuhe an und war damit beschäftigt, die

Liegestühle in den Schuppen zu räumen. Als sie mich entdeckte, warf sie einen Blick auf das Fahrrad, das ich neben mir her schob.

»Du warst draußen?«, sagte sie.

»Ich war doch nicht mehr müde«, antwortete ich.

Sie nickte, und wir gingen nebeneinander zum Schuppen. Weder sie noch ich sagten etwas. Sie nahm die linke Tür, um den zweiten Liegestuhl zu verstauen, ich die rechte, um das Fahrrad auf den Wandhaken zu hängen. Ich ließ mir länger Zeit, als nötig gewesen wäre, und auch sie hatte nicht gerade Kohlen unter den Füßen. Da die Fenster des Schuppens auf den Garten hinausgehen, konnte ich nicht sehen, ob sie schon draußen war, und ich wollte nicht so lange warten, bis ich auf ihrer Seite die Tür zufallen hörte, um ihr dann, zur Vermeidung eines unangenehmen Zusammentreffens, mit kurzer Verzögerung zu folgen, ich konnte mir vorstellen, dass sie denselben Gedanken hatte und ihrerseits drüben auf das Geräusch einer Tür horchte, ich wollte uns die Peinlichkeit dieses Spiels ersparen und ging hinaus. Sie war nirgends zu sehen. Ich drehte mich nicht um. Hätte ich es getan, hätte sie bestimmt den Rücken zum Fenster gewandt und so getan, als müsse sie nach irgendetwas in dem alten Schrank neben dem Holzlager suchen. Ich selbst jedenfalls hätte es getan, wenn ich an ihrer Stelle gewesen wäre. Ich hörte sie erst, nachdem ich schon die Mitte des Gartens erreicht hatte. Es dauerte verhältnismäßig lange, bis sie die Tür schloss. Bestimmt hat sie sich nicht getraut, durchs Fenster zu sehen, dachte ich, und jetzt ist sie überrascht, weil sie mich etwas weiter weg vermutet hat.

Wir trafen uns drinnen im Haus. Sie schloss die Terrassentür und ging auf die Toilette. Ich ging in die Küche und setzte Kaffeewasser auf. Als sie ins Wohnzimmer zurückkam, ging sie in die hintere Ecke zum Schreibtisch und schaltete den Computer ein. Ich dachte: Schön, wenn sie es so will, meinetwegen können wir das Spiel weiterspielen. Doch als ich die Kaffeebohnen aus dem Schrank holte, merkte ich, wie angespannt ich war, ich erschrak von dem Knallen, das ich beim Öffnen und Schließen der Schranktür erzeugte. Aber kurze Zeit später schon genoss ich es, meinen Unmut durch Geräusche zum Ausdruck zu bringen, ich öffnete und schloss die Kühlschranktür lauter als nötig, als ich die Milch herausholte, stellte die Tasse hart auf die Arbeitsfläche, ich fand, dass ich im Recht war, aber so sehr im Recht auch wieder nicht, wie mir im nächsten Augenblick bewusst wurde, ich dachte: Du bist schließlich nicht ganz unschuldig an der Situation, du hättest das Erscheinen der Polizei nicht verschweigen müssen. Kurz gesagt, das Herrichten des Kaffees hatte meine Empfindungen durcheinandergewirbelt und mich am Ende sogar versöhnlich gestimmt, und ich fragte sie, ob sie auch eine Tasse wolle. Sie antwortete nicht. Ich nahm an, dass sie mich aus der Entfernung nicht gehört hatte, dass sie deshalb nicht antwortete, doch als ich die Frage gleich darauf wiederholte, ging es plötzlich mit ihr durch, sie schob mit dem Drehsessel zurück und rief:

»Glaubst du im Ernst, ich hätte dich nicht gesehen?«

»Und du glaubst vielleicht, ich hätte nicht gewusst, wohin du fährst?«

»Dann ist ja alles bestens«, sagte sie.

»Ja«, sagte ich, »alles ist bestens.«

Ich ließ den Kaffee, wie er war, steckte Schlüssel und Geldbörse ein und verließ das Haus. Meine Beine zitterten, in mir erhob sich eine graue, schartige Felslandschaft, die wenig zu tun hatte mit Bettinas türkisfarbenem Meer vor einem Sandstrand mit Palmen. Ich stieg ins Auto. Ich dachte: Du hattest guten Grund, einfach zu gehen. Ich ließ den Motor an und fuhr in Neumanns Gaststube. Ich ging direkt zur Theke und bestellte ein kleines Glas Bier, das ich fast in einem Zug austrank. Ich bestellte ein zweites, größeres, und nahm es mit zu einem Tisch neben dem letzten Fenster an der hinteren Wand. Es waren nicht viele Gäste da, die ich kannte, die vordere Stube war nicht gut gefüllt, nur am großen Tisch gleich neben dem Eingang saß eine Gruppe älterer Männer und spielte Karten, und an der Bar löste eine dicke Frau Kreuzworträtsel. Ich wollte noch einmal aufstehen, um mir aus dem Regal eine Zeitschrift zu holen, als ich auf der anderen Seite Lisa entdeckte.

Sie saß seitlich zu mir gewandt auf einem Barhocker neben einem Mann, der an einem Glücksspielautomaten spielte. Ich stand nicht auf. Ich wusste nicht, ob ich wollte, dass sie zu mir herüberkäme, oder ob es mir lieber wäre, sie würde mich nicht sehen, es war gut möglich, dass sie mich bereits beim Betreten der Gaststube gesehen hatte und nur vortäuschte, meine Anwesenheit nicht zu bemerken. In diesem Fall konnte alles bleiben, wie es war, ich konnte sic schcinbar nicht sehen und sie scheinbar mich nicht. Doch als sie einmal aufstand und mit ihrem leeren Glas hinter die Bar trat, um sich nachzuschenken, entdeckte sie mich und winkte. Ihrer Kleidung nach zu urteilen hatte sie als Kellnerin ausgeholfen, wie sie es gelegentlich tat, wenn größere Gesellschaften zusammenkamen oder am Wochenende, wenn viel Betrieb war. Sie kam zu mir an den Tisch. Sie zögerte einen Moment, bevor sie sich setzte. Sie fragte, wie es mir gehe, wobei sie mir mitleidig die Hand auf den Arm legte. Das war einer der Gründe, weshalb es mir lieber gewesen wäre, sie wäre nicht zu mir gekommen. Ich antwortete, es gehe mir gut. Sie entgegnete, das würde sie mir nicht so recht abkaufen, und begründete ihren Zweifel damit, dass sie mir sagte, die Polizei sei zeitig heute Morgen bei ihr gewesen.

»Ich weiß«, sagte ich.

Sie sagte: »Dann weißt du es also?«

Ich wollte antworten, dass ich es natürlich wissen müsse, da ein Alibi erst überprüft werden könne, nachdem eine Orts- und eine Zeitangabe vorliege – doch die Art, wie sie die Augen senkte, legte mir den Gedanken nahe, dass sie etwas anderes gemeint hatte. Also entgegnete ich nichts und wartete, ob sie etwas sagen würde. Da brach es plötzlich aus ihr hervor:

»Was hättest du an meiner Stelle getan!«

Sie sah mir erwartungsvoll in die Augen.

»Man darf die Polizei doch nicht anlügen, oder?«, sagte sie, »das darf man doch nicht.«

Ich entgegnete, dass die Fähigkeit zu lügen den Menschen erst zu dem mache, was er ist, und dass in der Möglichkeit zur Unwahrheit ein großer Teil seiner Freiheit begründet liege und jedermann das Recht habe zu lügen, insbesondere wenn die Wahrheit einem selbst schaden würde oder jemandem, der einem nahe steht.

»Stehen wir uns so nahe?«, fragte sie.

Darauf wollte ich nicht antworten, und sie hakte nicht weiter nach. Jedenfalls beruhigte ich sie, indem ich sagte, sie brauche sich keinen Kopf zu machen, ich hätte ein reines Gewissen.

»Ich wusste, dass du nichts damit zu tun hast, ich wusste

es«, sagte sie. In ihren Augen blitzte ehrliche Erleichterung auf, und sie hob eilig das Glas zum Mund, stellte es jedoch wieder ab und fragte:

»Aber was wolltest du sonst dort draußen?«

»Du meinst, weil ich nicht dort war, um einen Brand zu legen?«

Sie lächelte und sagte: »Stimmt, das war dumm gefragt.«

Ich lächelte ebenfalls und sagte: »Nur ein bisschen.«

Ich wartete, ob sie dennoch die Frage wiederholen würde, aber zu meinem Glück hatte meine spontane Gegenfrage sie hinreichend überrumpelt; ich hätte nicht gewusst, was ich darauf hätte antworten sollen. Nachdem eine Weile weder sie noch ich etwas zu sagen wussten, erklärte sie, dass ihre Pause bald zu Ende sei und sie noch eine Kleinigkeit essen wolle, bevor sie wieder nach hinten in den Festsaal zurückkehre. Aber sie ging nicht, ohne mich vorher zu bitten, Bettina nichts davon zu erzählen. Ich wollte ihr mit einer Miene zu verstehen geben, dass ich ihr das nicht versprechen könne, als sie unvermittelt und ziemlich laut ausrief:

»Du weißt ja, wie sie ist!« Ich fand das ein wenig anmaßend und fragte, wie Bettina denn sei. »Na hör mal«, sagte sie, »wenn ich an ihrer Stelle wäre.« Ich wartete auf eine Fortsetzung. »Ach, ich weiß auch nicht«, sagte sie leise. Dann verabschiedete sie sich.

Als ich nach Hause kam, saß Bettina am Esstisch hinter einer Tasse Kaffee. Die Sonne war hinter einer breiten, dunkelgrauen Wolkenwand verschwunden; sie saß im Finstern. Ich konnte sehen, dass sie nicht allein gewesen war, es standen noch zwei weitere Tassen und ein leeres Wasserglas auf dem Tisch. Ich blieb eine Zeit lang stehen und wartete, ob sie etwas sagen würde. Dann setzte ich mich ihr gegenüber.

Sie starrte hinunter in ihre leere Tasse und machte nicht den Eindruck, als würde sie in nächster Zeit zu mir aufblicken. Als sie es schließlich tat, deutete ich mit einer Kopfbewegung auf das Geschirr auf dem Tisch:

»Hast du sie auch gleich gefragt, ob sie zum Abendessen bleiben?«

Die Wortmeldung verfehlte nicht ihre beabsichtigte Wirkung; sie hob den Blick und lächelte.

»Sehr witzig«, sagte sie. »Einer der beiden ist mit mir zur Schule gegangen, das ist alles.«

Sie griff nach den Zigaretten, die neben dem vollen Aschenbecher auf dem Tisch lagen, ich gab ihr Feuer.

»Sie hätten lieber mit dir persönlich gesprochen, aber weil ich ja den einen gekannt habe, ist es auch so in Ordnung gegangen.«

»Haben sie gesagt, wer mich angeblich gesehen hat?«

Sie schüttelte den Kopf.

»Du traust mir doch keine Brandstiftung zu?«

Sie schüttelte den Kopf.

»Aber irgendetwas traust du mir zu?«

Ich blickte sie an, wartete, was noch kommen würde. Aber es kam nichts. Sie lehnte sich zurück. Ich verstand, dass es ihr lieber war, nicht darüber zu reden.

Die Amseln

Das Haus lag versetzt in der Mitte der Straße, es war das einzige Haus mit großzügigem Parkplatz vor dem Tor, und als Lukas durch die kurze Pappelallee um die Kurve bog, erkannte er aus der Entfernung den silbergrauen Wagen von Mariannes Freundin Andrea.

Es war Freitag kurz nach drei Uhr, und es hätte kein Auto dort stehen sollen. In seinem Kopf wirbelten die Gedanken, und er dachte sofort: Ich geh nicht hinein. Er fühlte sich ausgetrickst und hintergangen, weil er einen Verdacht bestätigt sah, der ihm am Morgen durch den Kopf geschossen war. Ich geh nicht hinein, dachte er wieder. Aber er musste dringend pissen, und so stieg er aus und ging die paar Schritte hinüber zum Vorgarten. Auf dem kurzen Weg dorthin stand ein Bild klar vor seinen Augen, das ihn den ganzen Vormittag irritiert hatte: Die gefüllte Salatschüssel auf der Werkbank im hinteren Teil des Hauses. Ich wusste es, sagte er laut zu sich, obwohl er es selbstverständlich nicht hatte wissen können; doch jetzt war klar, was es zu bedeuten hatte, und er hatte etwas Handfestes, das er gegen sie verwenden konnte. Er dachte: Sie weiß nicht, dass ich heute Früh in der Werkstatt war, um meine Gürtelschnalle zu reparieren, sie war noch im Bad, als ich in die Küche zurückgekommen bin. Ein Gefühl der Eingeweihtheit, der Überlegenheit türmte sich in ihm auf. Er stand vor dem

Zaun des Vorgartens und pisste durch die Holzlatten in die Rosenhecke, ihre Rosenhecke. Bestimmt haben sie den Wagen gehört, als ich den Motor abgestellt habe, dachte er und sah vor sich, wie Marianne den Kopf leicht in die Höhe reckte, wie sie darauf wartete, das schwere Metalltor zu hören, gefolgt von dem Knirschen seiner Schritte auf dem Kiesweg, und wie sie verwundert dreinschaute, als die gewohnten Geräusche ausblieben.

Als er fertig war, stieg er ins Auto und fuhr weiter zur Bahnstation, dort gab es ein kleines Café, das er hin und wieder aufsuchte, wenn er nicht wusste, wohin mit sich. Zu dieser Stunde waren selten viele Gäste da, er wollte nur etwas zu trinken bestellen und an einem einsamen Tisch die Zeit vergehen lassen. Wenn nur Vater nicht da ist, dachte er. Aber er war da; der Alte saß an der Theke vor einem Glas Wein, er war gut abgefüllt und lehnte mit gebeugtem Rücken am Barhocker. Hinter dem Tresen stand der Wirt und blätterte in einer Zeitung. Lukas setzte sich. Er gab dem Wirt ein Zeichen, dass er auch ein Glas wolle. Kurz darauf überlegte er es sich anders und griff nach dem Glas des Alten, das noch fast voll war. Er trank es schnell aus. Der Vater murmelte etwas. Lukas wechselte einige nichtssagende Worte mit dem Wirt, bevor er ihm Vorhaltungen machte, dass er dem Alten nicht endlos Alkohol ausschenken dürfe. Er wollte ihm nachschenken, worauf Lukas das Glas mit der Hand abdeckte und sagte: »Genug.« Doch als ihm anschließend einfiel, weshalb er hier war, winkte er ihm erneut und nahm die Hand wieder weg. Er beugte sich zu seinem Vater und flüsterte: »Vater.« Der Alte antwortete, indem er mit dem Ellbogen nach ihm zu schlagen versuchte.

»Lass das«, sagte Lukas, dann etwas freundlicher: »Was meinst du, sollen wir dich mit zu uns nehmen?«

Er lächelte und stellte sich vor, wie Marianne reagieren würde, wenn er zusammen mit dem Vater im Garten auftauchte, wie sie aufschrecken würde und ihr ganzer Plan dahin wäre. Der Alte summte eine Melodie, er war inzwischen munter geworden. Lukas stellte sich hinter ihn und half ihm hoch, trank hastig den Wein aus und zahlte. Danach ging er mit ihm zum Wagen. Es war nicht leicht, den trägen Körper auf den Beifahrersitz zu verfrachten, noch dazu, weil er sich absichtlich schwer zu machen schien, sodass das Ganze von außen betrachtet wie eine Entführung aussehen mochte. Der Vater murmelte, ihm sei übel. Lukas ließ das Fenster herunter und sagte, er solle sich zusammenreißen, sie wären gleich da.

»Ich muss essen«, stöhnte er.

»Ja«, sagte Lukas und dachte: Die werden sich wundern.

Als er kurze Zeit später mit dem Vater an der Hand das Eingangstor aufsperrte, konnte er aus dem Garten hinter dem Haus Lachen hören. Das Tor fiel zu und das Lachen brach ab. Der Himmel war wolkenlos, es gab keinen Wind, die Stille war absolut, und sie hielt an, bis sie nach hinten in den Garten kamen. Marianne und Andrea saßen einander auf der Terrasse gegenüber, in der Mitte des Tisches standen die Salatschüssel, Teller und eine Karaffe Wasser. Als Marianne sah, wen er bei sich hatte, verfinsterte sich ihre Miene und sie sprang so schnell vom Stuhl auf, dass sie beinahe über den Rand der Terrasse stolperte. Es dauerte einen Moment, bis sie sich gefasst hatte. Lukas bemühte sich, so gelassen wie möglich zu wirken. Er dachte: Sie weiß nicht, dass ich gewusst habe, dass sie nicht allein ist. Und nachdem sie eine Weile nichts gesagt, sondern nur versucht hatte, ihr Schweigen zusammen mit der makellosen Stille als Anklage zu verwenden und das ausdruckslose Gesicht ihrer Freundin als Urteil, sagte er zu seiner Verteidigung:

»Ich wusste nicht, dass du nicht allein bist.«

Er sah ihr direkt in die Augen. Er griff nach einem Stuhl, um ihn dem Vater hinzustellen, da trat Marianne einen schnellen Schritt auf ihn zu und rief:

»Das wirst du nicht tun!«

»Er muss sich hinsetzen«, sagte er.

Andrea stand auf.

»Nein, du bleibst sitzen!«, rief Marianne.

Der Alte stöhnte, fing leise zu lachen an und ging zu dem Stuhl, auf dem Andrea gesessen hatte, und ließ sich hineinfallen.

»Nicht!«, rief Marianne und wollte ihn daran hindern, indem sie eilig den Stuhl mit dem Fuß ein wenig zur Seite stieß, blieb dann erschrocken stehen, als ihr bewusst wurde, dass sie beinahe einen Unfall provoziert hätte.

»Schaff ihn hinauf ins Gästezimmer«, sagte sie.

»Er muss etwas essen«, sagte Lukas.

»Das kann er auch oben«, entgegnete sie und packte den Alten an den Schultern. Andrea nahm einen leeren Teller vom Stapel und füllte ihn mit Salat. Marianne stand hinter dem Stuhl des Alten und versuchte nach Kräften, ihn hochzuheben, scheiterte aber, weil er sich weigerte mitzuhelfen. Sie schnaufte. Lukas sah zu und lächelte. Er beobachtete die Szene und horchte in sich hinein: Die Genugtuung fiel geringer aus, als er es sich ausgemalt hatte. Als er fand, dass mehr als genug Zeit verstrichen war, ging er hinüber und half ihr, den Vater aus dem Stuhl zu hieven. Sie brachten ihn ins Haus. Andrea stand da und wusste nichts mit sich anzufangen. Marianne warf mit der freien Hand die Terrassentür hinter sich zu. Er rechnete mit einem Donnerwetter, aber es kam keines. Sie brachten ihn hinauf ins Gästezimmer und legten ihn aufs Bett. Er schlief fast augenblicklich ein. Marianne schloss leise die Tür; in ihren Augen lag eine Mischung aus Wut und Enttäuschung. Er konnte sehen, wie es in ihr brodelte, doch wie es schien, hielt das schlechte Gewissen sie von einem größeren Ausbruch zurück. Stattdessen fragte sie:

»Seit wann kümmerst du dich darum, was aus ihm wird?«

»Er ist mein Vater.«

»Das ist er nicht erst seit heute«, konterte sie, und als Lukas nicht mehr dazu sagte, gingen sie hinunter. Durch die Terrassentür sahen sie, dass Andrea im Garten unterwegs war, sie schlenderte barfüßig durch die Wiese, hatte den Kopf gesenkt und ließ den Blick über die Kräuter im Kräuterbeet wandern. Beim großen Gemüsebeet neben dem Brunnen hielt sie an und betrachtete die Gurken und Zucchini. Er sah ihre schlanken Beine, die schmalen Fesseln. Als Marianne das Fliegengitter absichtlich etwas lauter als nötig aufschob, wandte sie sich um und nickte ihnen zu. Marianne ging zu ihr nach hinten, Lukas zog Schuhe und Socken aus und folgte ihr. Eine Weile standen sie schweigend vor dem Beet und bewunderten die Tomaten.

»Ah, Kirschtomaten«, sagte Andrea.

»Nimm welche«, sagte Marianne.

Andrea traute sich nicht, ja oder nein zu sagen.

»Nur keine Scheu«, sagte Marianne, »wir haben mehr als genug. Oder Zierkürbisse, magst du Zierkürbisse? Von denen haben wir dieses Jahr auch viel zu viele. Lukas soll sie dir zeigen, während ich den Kaffee herrichte. Du willst doch Kaffee? … Und er soll dir von den Amseln erzählen. Er muss dir unbedingt das Nest zeigen und dir von den Amseln erzählen. Du musst wissen, wir haben hinten bei der Grundstücksmauer ein Nest, mitten drin in den Kletterpflanzen, und da waren Junge drin, winzige, nackte Vögelchen, die ihre Schnäbel in die Höhe gereckt und gepiepst haben. Aber eines Morgens, als wir zum Frühstück rausgegangen sind, haben wir gesehen, dass eines der Kleinen hinausgefallen war, es lag mitten auf den Steinen am Trittweg und machte Geräusche. Wir haben nicht gewusst, was wir tun sollten, also haben wir es zurück in sein Nest gesetzt. Aber das war es dann nicht mehr, ich meine, sein Nest, weil die Mutter es nicht mehr wollte. Wir haben es noch ein oder zwei Mal versucht, aber es war zu spät. Es war von etwas Fremdem berührt worden, und seine ganze bisherige Existenz zählte nichts mehr. Ich fand das so traurig. Ist das nicht traurig? Ich meine, wie hart die Natur sein kann.«

Andrea schwieg. Lukas konnte sehen, wie sie nach etwas suchte, das sie sagen konnte. Kurz darauf erklärte Marianne, dass sie dringend Kaffee brauche, sie werde hineingehen und welchen herrichten, Lukas solle ihr in der Zwischenzeit eine Schale mit Tomaten herrichten. Sie sahen ihr nach, bis sie durch die Terrassentür verschwunden war.

»Willst du Zierkürbisse?«, fragte er.

Andrea blickte ihn an: »Sie hat dir nicht gesagt, dass ich komme, habe ich recht?« Er reagierte nicht, und nach einer längeren Pause fragte sie plötzlich: »Kann es sein, dass du etwas gegen mich hast?«

»Hat sie das zu dir gesagt?«, fragte er.

»Nicht direkt. Aber ich habe ja gemerkt, wie verwirrt sie war, als du nicht gleich nach Hause gekommen bist.«

Lukas ging ein paar Schritte zurück zu den Kirschtomaten. Erst jetzt fiel ihm auf, dass sie allmählich immer weiter in die Mitte des Gartens gerückt waren. Andrea trippelte hinter ihm her. Er sagte, er werde mal kurz im Holzschuppen nachsehen, ob er etwas finde, wo er die Tomaten hineintun könne. Sie griff nach seinem Unterarm und hielt ihn zurück:

»Du hast mir nicht geantwortet.«

»Ich habe nichts gegen dich«, sagte er.

»Gut«, sagte sie, »weil ich nämlich nicht möchte, dass etwas zwischen uns steht.«

»Zwischen uns?«, fragte er.

Sie lachte kurz und boxte ihn gegen die Schulter:

»Ich meine mich und Marianne, oder was dachtest du?«

»Nichts«, sagte er, »ich habe gar nichts gedacht«, dann: »Ich gehe mal und suche ein Gefäß.«

Er ging zum Schuppen, dort fand er eine kleine, geflochtene Schale, die er mit einer alten Zeitung auslegte. Nach wenigen Minuten kehrte er zurück und sah Andrea mit einer Handvoll Tomaten im Gemüsebeet stehen. Er ließ sich Zeit, um sie länger ansehen zu können, auch ihre nackten Füße betrachtete er, die leicht in den feuchten Boden eingesunken waren, die lose Erde zwischen ihren kleinen Zehen. Er trat neben sie ins Beet. Als er ihr die Schale reichte, fiel sein Blick auf das Haus und er konnte sehen, wie Mariannes Kopf hinter der Wand neben der Terrassentür verschwand.

»Beobachtet sie uns?«, fragte Andrea.

»Du hast sie auch gesehen?«, fragte er.

Andrea nickte, trat dann blitzschnell einen Schritt von ihm weg, hinaus aus dem Gemüsebeet. Lukas kam ihr nach. Sie trat noch ein kleines Stück von ihm weg. Er rückte erneut zu ihr hin und stellte den ursprünglichen Abstand wieder her.

»Was soll das?«, sagte sie.

»Was soll was?«

Sie trat abermals einen Schritt von ihm weg. Einen Augenblick blieben sie so stehen und schauten zum Haus. Sie sahen, wie Marianne bei der Vitrine stand und das schöne Kaffeeservice vorsichtig auf ein Tablett lud.

»Kann es sein, dass sie glaubt, du hättest deinen Vater absichtlich hergeschleppt, um ihr eins auszuwischen?«

»Soll sie glauben, was sie will.«

»Das war jetzt aber nicht nett.«

Er erwiderte nichts.

»Und, hast du?«, fragte sie.

»Ja, vielleicht habe ich das.«

Sie gingen ein paar Schritte aufs Haus zu. In einem der Gärten in der Nähe wurde ein Rasenmäher angeworfen, das einzig laute Geräusch seit Langem; es ging wie ein unsauberer Schnitt durch das makellose Bild einer stillen Dorflandschaft.

»Ich finde das erschreckend«, sagte Andrea.

»Ja, ich bin auch erschrocken.«

»Nein, ich meine das, euch«, sagte sie.

»Uns?«, fragte er.

»Man könnte meinen, ihr wollt mit Absicht etwas zerstören. Alles, was ihr euch aufgebaut habt. Das ist es, was ich erschreckend finde. Und ich verstehe es nicht.«

»Was willst du denn verstehen?«, sagte er ziemlich laut.

»Wieso immer alles kaputtgemacht werden muss. Ich meine, es geht euch gut, oder nicht?»

»Jetzt wirst du sentimental«, sagte er.

»Sentimental? Soll das ein Vorwurf sein?«

»Nein, ich meine ja nur, ich weiß nicht.«

Nachdem sie eine Weile wortlos dagestanden waren, meinte Andrea, dass sie besser hineingehen sollten, bestimmt sei der Kaffee längst fertig. Sie schlurften zum Haus, da trat Andrea auf eine Tomate, die aus der Schale gefallen war. Sie blieben stehen und Lukas sah zu, wie sie ihren Fuß im Gras abwischte. Als sie sich hinunterbeugen wollte, um das zerquetschte Stück aufzuheben, kam Lukas ihr zuvor, hob es auf und schleuderte es in hohem Bogen über den Zaun in den Nachbargarten. Andrea kicherte.

»Willst du auch mal?«, fragte er und nahm eine Tomate aus der Schale. Sie wirkte unschlüssig, ob sie es tun oder lieber nicht tun sollte. Dann tat sie es. Der schelmische Ausdruck in ihrem Gesicht ließ sie aussehen wie ein kleines Mädchen.

»Siehst du, jetzt hast du auch etwas zerstört«, sagte er.

Im selben Augenblick wurde eine Tür geöffnet.

»Verdammt, jetzt hat man uns erwischt«, rief Andrea leise und fing an zu laufen. Lukas lief hinterher. Gemeinsam rannten sie zur Terrasse und hinein ins Haus. Marianne saß am Tisch und sprang auf, als sie die beiden sah.

»Da seid ihr ja«, sagte sie, wobei sie es klingen ließ, als wären sie eine Ewigkeit weg gewesen. Lukas ging ohne ein Wort zu sagen an ihr vorbei ins Obergeschoss. Er öffnete leise die Tür zum Gästezimmer. Der Alte schlief. Auf dem Boden stand noch immer der Teller mit Nudelsalat. Lukas blieb lange stehen und betrachtete den Vater. Er sah alt aus, älter als andere seines Alters. Lukas dachte an die leerstehende Praxis, die er vor einiger Zeit hatte schließen müssen, an das viel zu große Haus am anderen Ende des Dorfes, die staubigen Zimmer voller Gerümpel und die Einsamkeit, die dort herrschte, seit Mutter ihn verlassen hatte. Eine dunkle Welle brauste durch ihn hindurch, als er in das Gesicht starrte, und zum ersten Mal empfand er einen starken Drang, ihn zu schlagen. »Du Arsch!«, rief er leise und beugte sich über ihn. »Es war deine Entscheidung, du hattest es in der Hand.« Und plötzlich stand ein weiterer Gedanke klar und deutlich vor ihm: Ich werde keinesfalls werden wie du. Dann las er die heruntergefallenen Nudeln vom Bett auf, nahm den Teller und ging hinaus.

Nachdem er im Schlafzimmer das verschwitzte Hemd gegen ein T-Shirt getauscht hatte und in den Vorraum hinausgetreten war, hörte er unten im Wohnzimmer Marianne weinen. Er stellte sich vor, wie sie die Hände vor dem Gesicht hielt oder an Andreas Schulter lehnte, denn es war weniger ein Weinen als ein leises Schluchzen oder Winseln und erinnerte an das Jammern der Nachbarskatze, das er gelegentlich vernahm, wenn er nachts aus leichtem Schlaf erwachte. Es klang nie so, dass man glauben konnte, sie hätte sich ein Bein gebrochen oder andere körperliche Schäden erlitten, eher wie ein Wunsch nach Aufmerksamkeit, der das Bedürfnis in ihm auslöste, hinunterzugehen und sich in irgendeiner Weise um sie zu kümmern. Aber er wusste nicht, wie er sich um sie kümmern sollte. Er schlich bis zum Treppenabsatz. Die beiden Frauen flüsterten.

»Wieso hast du ihm nicht gesagt, dass ich komme?«

Marianne: »Woher willst du wissen, dass ich es ihm nicht gesagt habe?«

Andrea: »Jetzt hältst du mich für dümmer, als ich bin, und ihn auch. Er musste ja sehen, dass ich hier bin, wo doch mein Auto vor der Tür steht.«

»Ich hätte nie geglaubt, dass er wieder wegfährt.«

Sie schniefte. Er hörte das Geräusch eines Kaffeelöffels, der in der Tasse im Kreis geführt wurde. Plötzlich sagte Marianne:

»Er wird wie sein Vater.«

Andrea: »Das ist nicht gesagt.«

Marianne: »Doch, das ist es. Du weißt ja, was aus dem Alten geworden ist, und bei ihm wird es genauso.«

Andrea: »Das kannst du nicht wissen.«

Marianne: »Aber ich weiß es! Die Geschichte wiederholt sich, die Geschichte wiederholt sich immer. Die Jungen schwören, sie werden nicht wie die Alten, aber am Ende werden sie doch wie die Alten, und alles wird, wie es schon einmal war … Aber eins sage ich dir, wenn es so weit ist, wenn es so weit kommt, werde ich ihm nicht den Gefallen tun und ihn verlassen, den Fehler werde ich nicht machen.«

»Ich bitte dich, Marianne!«

Sie schniefte wieder. Lukas stand auf der letzten Stufe des Treppenabsatzes und hörte sie schniefen. Er wartete, bis eine der beiden aufgestanden war, anschließend ging er hinunter. Andrea saß am Esstisch hinter ihrer Tasse Kaffee, Marianne stand in der Wohnküche und räumte Teller und Besteck in den Geschirrspüler. Er fühlte einen starken Drang, etwas zu sagen, um einem Eindruck von Verlegenheit vorzubeugen, also sagte er, noch bevor er die letzte Treppenstufe erreicht hatte, dass der Alte friedlich im Bett liege und schlafe. Marianne stand mit dem Rücken zum Tisch und reagierte nicht. Andrea bot an, ihn nach Hause zu bringen, wenn sie fahre, es liege ohnehin auf ihrem Weg. Im selben Moment kamen aus dem Gästezimmer Geräusche. Kurz darauf wurde die Tür geöffnet und sie hörten die schleppenden Schritte des Alten auf der Treppe. Eine halbe Ewigkeit schien zu vergehen, bis er unten im Wohnzimmer ankam. Er schlurfte ein paar Schritte durch den Raum, nachdem er die letzte Stufe gemeistert hatte, dann warf er einen Blick auf die Anwesenden und brummte:

»Was zum Teufel tue ich hier?«

»Du hast seit neuestem einen sehr fürsorglichen Sohn.«

»Du sollst nicht so viel trinken«, sagte Lukas.

Der Alte machte eine wegwerfende Handbewegung und wandte sich zum Tisch, entgegnete jedoch nichts, sondern rief mit plötzlich sich aufhellenden Augen, als habe er sie jetzt erst entdeckt:

»Ah, Marianne!«

Lukas und Andrea lachten. Marianne lachte nicht.

»Hab ich was Falsches gesagt?«, fragte der Alte.

»Ich bin nicht Marianne«, sagte Andrea.

»Hoppla«, sagte der Alte und ging zu ihr hin, um sie genauer ins Auge zu fassen. »Sie hat recht, sie ist nicht Marianne. Schade, an den Anblick könnte ich mich gewöhnen.«

»Jetzt reicht's aber, Vater!«, rief Lukas.

Und es reichte tatsächlich. Ein Knall ertönte, und sie beobachteten, wie Marianne das Geschirrtuch gegen den Kühlschrank warf und zur Tür hinausstürmte. Die anderen blieben sitzen und blickten ihr nach, bis die Eingangstür ins Schloss fiel. Der Alte wollte etwas sagen, Lukas ließ es nicht zu.

Er sagte: »Du gehst jetzt.«

Andrea stand auf: »Ja, wir gehen.«

»Ich habe nicht dich gemeint«, sagte Lukas.

»Nein, ich weiß schon«, sagte sie.

Dann gingen sie. Lukas begleitete sie nach draußen, sperrte das große Tor auf und sah zu, wie der silbergraue Wagen durch die Pappelallee verschwand. Erst jetzt ging ihm auf, dass das Tor auch von innen verschlossen gewesen war, obwohl er beim Hinausgehen Mariannes Schlüssel an seinem gewohnten Platz auf dem Haken hatte hängen sehen. Er dachte: Wo ist sie hin? Hat sie das Grundstück überhaupt verlassen? Wo kann sie sich versteckt haben? Er bildete sich ein, zwischen Rosenhecke und Liguster etwas zu entdecken, aber er wollte ihr nicht die Schmach antun und zu ihr hinsehen. Er schloss ab und ging hinein, als ob nichts wäre. Eine Viertelstunde verging, bis er ihre Schritte hörte, die sich leise, fast zaghaft über die Pflastersteine bewegten. Sie kam zu ihm nach hinten. Er erinnerte sich nicht, das Eingangstor gehört zu haben. Sie setzte sich. Ein sanfter Wind war aufgekommen, der die hohen Gräser rund um den Steinboden der Terrasse zum Rascheln brachte. Er schenkte ihr Wasser ein.

»Du warst ganz schön lang weg«, sagte er.

»Ja«, sagte sie.

»Wie bist du überhaupt ohne Schlüssel hinausgekommen?«

»Ich bin übers Tor geklettert.«

»Also wirklich, Marianne!«

»Ich weiß«, sagte sie.

»War es so schlimm?«, fragte er.

Sie antwortete nicht.

»Ich bin nicht wie Vater«, sagte er.

Die Hornissen

Sie saß am Esstisch mit einem Glas Wasser, es war dunkel, nur in der Küche brannte das schwache Licht aus der Leuchte über der Arbeitsplatte. Sie saß still, lauschte, ob von oben etwas zu hören war. Sie dachte: Er ist aufgewacht, er ist bestimmt aufgewacht und kommt herunter. Sie wollte nicht, dass er herunterkäme. Sie dachte: Er hat es gehört, er hat das Geräusch gehört und kommt herunter. In ihr drin war alles schwarz. Sie versuchte, sich den Verbreitungsweg des Knalls bis nach oben ins Schlafzimmer vorzustellen, die Wirkung des plötzlichen Lärms über den leeren Treppenaufgang bis durch die geschlossene Tür, die Dämpfung durch Teppich, Decken und Polster. Wenn er fragt, dachte sie, werde ich sagen, dass ich mit der Flasche gegen die Anrichte gestoßen bin, dass sie mir fast aus der Hand gefallen wäre, als ich sie aus dem Kühlschrank geholt habe. Wenige Augenblicke später hörte sie das Knarren des Bettes, danach Schritte, sie hörte das Knacken seiner Zehen und das sorgsam gedämpfte Auftreffen seiner Fersen auf dem Parkett. Einmal hielten die Schritte an, sie vermutete, dass er vor der Tür zum Kinderzimmer stehenblieb, um zu sehen, ob der Junge aufgewacht war. Dann ging er weiter.

Sie wandte sich nicht zu ihm. Erst als er neben ihr vor dem Tisch stand, blickte sie zu ihm hoch. Sie lächelte. Sie merkte, dass es unecht wirkte, jedenfalls fühlte es sich unecht an;

es musste an den Augen liegen, sie spielten das Spiel nicht mehr mit. Er setzte sich neben sie, nachdem er langsam und behutsam den Stuhl unter der Tischplatte hervorgehoben hatte. Sie wollte nichts sagen. Sie wusste, dass es unsinnig war, da sie früher oder später doch reden würden, aber aus irgendeinem Grund hätte sie es als Niederlage empfunden, wenn sie es gewesen wäre, die zuerst etwas sagte.

»Da bist du also«, sagte er.

»Ich bin aufgewacht und konnte nicht mehr einschlafen.«

»Was war das für ein Geräusch?«, fragte er.

»Ach«, sagte sie, »das war nur die Flasche. Ich bin unabsichtlich damit gegen die Anrichte gestoßen.«

»Die Flasche?«, fragte er.

»Ist der Junge aufgewacht?«, fragte sie.

»Glaub nicht«, sagte er.

Sie nickte.

»Ich habe Musik gehört«, sagte er. »Als ich an seinem Zimmer vorbeigekommen bin, hab ich Musik gehört.«

Sie sagte: »Dann schläft er.«

»Ja«, sagte er.

Sie sagte: »Sonst hätte er sie ausgemacht. Wenn er aufgewacht wäre, hätte er sie ausgemacht.«

»Ich weiß«, sagte er.

»Er schläft immer mit Musik«, sagte sie.

»Ich weiß!«, sagte er.

Seine Stimme war laut, lauter, als er es selbst beabsichtigt hatte, sie merkte, dass er merkte, dass er zu laut geworden war. Sie dachte: Er ahnt etwas. Es ist meine eigene Schuld, ich hätte nicht so viel über den Jungen reden sollen, das hat mich verraten. Und das Geräusch. Sie dachte: Gleich wird er fragen, was mit mir los ist. Und schon fragte er:

»Ist etwas?«

Sie hätte ihn anschreien mögen für diese Vorhersehbarkeit. Aber sie würde nichts sagen. Sie dachte: Es ist nichts. Ich werde sagen, es ist nichts, dass ich nur schlecht geträumt habe. Deshalb braucht er sich nicht aufzuregen, er weiß, dass ich Albträume habe, dass ich oft von hässlichen Dingen träume. Doch als ihr Blick auf die hintere Terrassentür fiel, gingen die Gefühle mit ihr durch und sie fing zu schluchzen an, nicht laut, es fühlte sich an, als ob ihr die Luft wegbliebe. Dann sagte sie:

»Er stellt sich vor, wir wären tot.«

Sie sah die Ahnungslosigkeit in seinen Augen, ein dunkler Schein in den Schatten unter den Brauen, die ihr in dem fahlen Licht in ihrem Rücken vorkamen wie die Augenhöhlen eines Totenschädels.

»Die zwei Hornissen. Die zwei toten Hornissen draußen vor der Terrassentür. Hast du die gesehen? Es war kein Zufall, dass die dort gelegen sind.«

»Was meinst du?«, sagte er.

»Er war es. Er hat sie dort hingelegt.«

»Ja«, sagte er, »aber was meinst du?«

Sie sagte: »Das waren wir.«

»Wir?«, fragte er.

Sie sagte nichts.

»Aber die sterben ja immer wieder mal, wenn sie abends bei den Außenleuchten herumschwirren. Dann krabbeln sie unter die Verkleidung, verbrennen sich die Flügel und fallen herunter, und dann sterben sie, hier auf dem Fensterbrett.«

»Aber nicht so.«

»Wie so?«

»So, wie sie gelegen sind«, sagte sie, »nebeneinander. Die

eine mit dem Rücken am Bauch der anderen. So fallen die nicht herunter. Ich weiß, dass er es war. Er hat sie so arrangiert, sie sozusagen gebettet.«

Er sagte: »Das kannst du nicht wissen.«

»Aber ich weiß es.«

Er sagte: »Nein, das kannst du nicht wissen.«

»Ich weiß es, weil ich ihn kenne. Und weil ich mich kenne. Er ist wie ich. Deshalb weiß ich es. Und weil mein erster Gedanke war, dass es schön war. Das habe ich gedacht: Dass es schön ist. Hast du gesehen, wie sie dort gelegen sind? So friedlich, als ob sie zusammengehörten, und vielleicht gehörten sie ja zusammen, und ich habe gedacht: So muss man sterben. Und in dem Augenblick hätte ich nichts dagegen gehabt zu sterben, es wäre mir gleichgültig gewesen. Solange es nur genauso friedlich und schön hätte sein können. Da habe ich gewusst, dass er es war. Und ich war stolz. Weil ich eine Verbindung zu ihm gespürt habe, weil ich gemerkt habe, dass er ist wie ich, dass wir vom selben Schlag sind. Aber jetzt«, sagte sie, »jetzt macht es mir Angst.«

»Bist du deshalb aufgewacht?«, fragte er.

»Ja«, sagte sie.

Sie griff nach dem Glas, trank langsam und platzierte es mit beinahe übertriebener Vorsicht in der Mitte des Tisches auf ein kleines rundes Tuch, das dort lag. Sie sahen einander an, lange. Sie konnte erkennen, dass er etwas sagen wollte, dass irgendetwas in seinen Augen lag, aber sie wusste nicht, was es war. Dann war es weg. Sie dachte: Er kennt ihn nicht so, wie ich ihn kenne. Er hat keine Ahnung, wie es in uns aussieht. Vielleicht war es das, was sie gesehen hatte. Dann fragte er:

»Und wenn es ein Traum war?«

»Ich habe nicht geträumt«, sagte sie.

»Bist du sicher?«

»Ich habe nicht geträumt«, sagte sie lauter. »Mir ist bloß erst jetzt klar geworden, was es bedeutet. Zuerst habe ich nicht daran gedacht, aber dann ist mir plötzlich aufgegangen, dass wir das waren. Es war sein Spiel. Er hat gespielt, dass wir tot sind, dass Mama und Papa tot sind. Kannst du dir vorstellen, wie er dort gesessen ist, wie er leise mit sich selbst geredet hat, so wie er es manchmal tut, wenn er mit seinen Figuren spielt, nur dass diese Figuren uns darstellten, dich und mich. Und dann hat er uns nebeneinander gelegt, du warst die größere der beiden Hornissen, und dich hat er rechts hingelegt, auf deine Seite, und mich daneben.«

Er nickte, dann fragte er:

»Warum hast du mich nicht geweckt?«

»Was?«, sagte sie.

»Du hättest mich wecken sollen.«

»Warum hätte ich dich wecken sollen?«

»Warum?«, sagte er. »Weil man das tut. Ganz einfach, weil man das tut. Wenn man Angst hat, dann weckt man den Menschen, der neben einem im Bett liegt, und dann spricht man darüber.«

»Aber wir sprechen ja darüber.«

Er schüttelte den Kopf.

Sie sagte: »Und dann schüttelst du den Kopf.«

Er seufzte und erhob sich, geräuschvoll, es stand in klarem Gegensatz zu der Vorsicht, mit der er zuvor den Stuhl unter dem Tisch hervoroperiert hatte. Er lehnte sich an die Kühlschranktür. Sie dachte: Gleich geht es los. Aber es ging nicht los. Sie dachte: Wenn er den Jungen aufweckt, gehe ich, dann ist es aus. Aber es ging nicht los. Stattdessen fragte er:

»Wovor hast du Angst?«

Sie sagte: »Ich weiß nicht.«

»Aber du hast gesagt, dass es dir Angst macht.«

Sie sagte: »Ja.«

»Hast du gesehen, dass er es war?«

»Nein«, sagte sie.

»Aber die Hornissen, die hast du gesehen?«

»Ja«, sagte sie.

Er wollte noch mehr sagen, sie merkte es an seinen Mundwinkeln, aber er sagte es nicht. Sie versuchte sich auszumalen, was in seinem Kopf vorging, doch das brauchte sie nicht, denn im nächsten Moment schien er eine Eingebung zu haben, er schaltete das Außenlicht ein und ging nach hinten zur letzten Terrassentür. Sie sah, wie er sich hinunterbeugte und die Hände an die Glasscheibe legte, um hinauszusehen. Eine Minute, vielleicht weniger, blieb er so hocken, dann kehrte er zurück an den Tisch. Er sagte nichts. Sie dachte: Warum sagt er nichts? Hat er etwas gesehen? Was hat er gesehen? Dann dachte sie: Nichts, er hat nichts gesehen. Erneut entdeckte sie den Ausdruck in seinen Augen.

»Du hättest mich wecken sollen«, sagte er.

Die Kur

»Ist er das?«, fragte er.

Ihre Brille steckte in der Badetasche, die sie bei den Liegestühlen gelassen hatten, und sie musste die Augen zusammenkneifen, um aus der Entfernung die gelbe Badehose zu erkennen.

»Ja, das ist er.«

»Er sieht gar nicht aus wie ein Herzensbrecher«, sagte er.

»Ich bitte dich, das alles liegt neun Jahre zurück.«

Sie gingen weiter bis zu dem silbernen Drehkreuz, das den Weg zu einem Erholungsbereich freigab, der ausschließlich den Hotelgästen vorbehalten war. Sie kamen an der kleinen, gewundenen Treppe zum Whirlpool vorbei. Als er die zwei solariumgebräunten Pärchen, von denen beide Frauen dieselbe Tätowierung an derselben Stelle der Schulter hatten, laut lachend vor den Massagedüsen sitzend entdeckte, wandte er sich kopfschüttelnd ab. Sie gingen zu ihren Liegestühlen, warfen sich die Bademäntel um und gingen weiter ins Restaurant; sie fanden keinen freien Platz und mussten sich zu einem anderen Paar an den Tisch setzen. Die meiste Zeit verbrachten sie damit, durch die großen Glasscheiben hinaus auf das Freiluftbecken zu blicken, ein Meer aus Gesichtern, Haarschöpfen und Hälsen, er dachte: Wie die Ameisen, und ich mittendrin. Er lachte innerlich, weil er, anstatt zu denken: wir mittendrin, gedacht hatte: ich mittendrin, als hätte er damit eine Strafe vollzogen.

Später am Nachmittag schwamm er unter einer kleinen Brücke hindurch zum Beckenrand, wo er sich von einer Düse den Nacken massieren lassen wollte. Er war allein im Wasser. Für eine Weile war er im Liegestuhl eingenickt, und als er danach mit dem Filmmagazin auf der Brust aufgewacht war, war Monika nicht neben ihm gelegen. Er lehnte den Kopf zurück, schloss die Augen und verschwand bis zu den Ohren unter Wasser. Als er wieder auftauchte und die Augen öffnete, sah er vor sich auf der Brücke die gelbe Badehose. Er stand mit dem Rücken zu ihm, einen Ellbogen auf die Holzbrüstung gestützt, mit seinen glatten, dunklen Beinen, die in exquisiten, ledernen Badeschuhen steckten. Allein wie er da lehnt, hätte er sich eine Abreibung verdient, dachte er. Und ein hübsches Spielzeug für die Nacht hat er sich anscheinend schon gefunden ... Aber war das nicht Monika, mit der er dort oben sprach?

Er schwamm ein Stück weiter entlang des Beckenrands, bis er hinter eine dicht bepflanzte Insel gelangte, von wo aus er sie im Blickfeld hatte, ohne selbst gesehen zu werden. Eine Weile beobachtete er sie, dann hievte er sich aus dem Wasser, ging zu ihrem Platz, um sich abzutrocknen, und verschwand ins Restaurant. Er nahm den Umweg am Kinderbecken vorbei, um ihnen nicht in die Quere zu kommen. Er fand einen Tisch bei einem kleinen Mauervorsprung, dort würde er unentdeckt bleiben. Er trank Bier, zwei halbe Liter, und rauchte.

Als er gut eine halbe Stunde später zurückkam, fragte sie, wo er so lang gesteckt habe. Sie saß im Liegestuhl, das Rätselheft auf den angewinkelten Knien, und blickte ihn an.

Und weil sie merkte, wie es um sein Gesicht bestellt war, und damit um seine Laune, entschied sie, es gleich selbst zur Sprache zu bringen.

»Du hast uns gesehen, nicht wahr? Als wir oben auf der Brücke gestanden sind und geredet haben, da hast du uns gesehen.«

Er entgegnete nichts, er fühlte sich durchschaut. Sie sprach laut, lauter als ihm lieb war, und wenn sich auch niemand von den Badegästen in der Nähe zu ihnen umgewandt hatte, überkam ihn dennoch die Befürchtung, sie könnten etwas gehört haben, das sie nicht hören sollten.

Am Abend im Hotelzimmer, während Monika unter der Dusche stand, ging er zur Minibar und öffnete ein kleines Fläschchen billigen Rotweins. Er legte sich angezogen aufs Bett, auch die Schuhe behielt er an, schaltete den Fernseher ein und trank. Hinter der Badezimmertür hörte er ihre Bewegungen und die gewohnten, vertrauten Geräusche, das Wasserrauschen, den Fön, da stieß sie plötzlich die Tür auf, trat nackt zu ihm heraus und fragte:

»Verrat mir eins: Hättest du weniger Probleme damit, wenn du nicht wüsstest, dass er Frauenarzt ist?«

Er wusste nicht, wie er reagieren sollte. Er dachte: Muss sie mich das ausgerechnet fragen, wenn sie nackt vor mir steht? Er hatte die Rotweinflasche neben dem Bett abgestellt, damit Monika sie nicht sah, doch jetzt fiel ihm kein Grund mehr ein, weshalb er sie vor ihr verbergen sollte, und er nahm einen großen, geräuschvollen Schluck. Er sah, wie sie die Weinflasche anblickte, dann ging sie zurück ins Badezimmer, schloss die Tür und er hörte, wie sie mit einem lauten Knall den Klodeckel hinunterfallen ließ. Wenige Minuten später kam sie wieder heraus; es schien, als sei ihr eine Idee gekommen, sie steuerte auf die Minibar zu, nahm ebenfalls eine Weinflasche heraus und leerte sie vor seinen Augen in einem Zug. Sie hatte große Mühe, sie auf einmal leer zu bekommen, sie verschluckte sich, hustete und musste den letzten Schluck auf den Teppichboden spucken. Ein Teil der roten Flüssigkeit floss aus ihrem Mund, vom Kinn herab und zwischen den Brüsten hindurch bis auf den Bauch. Ohne ein Wort zu sagen ging sie wieder ins Bad.

Beim Abendessen im großen Speisesaal sahen sie ihn. Er trug ein weißes Hemd, das er nicht zugeknöpft hatte, darunter ein blaues T-Shirt mit dem Superman-Zeichen. Er kam vom Büfett, und auf dem Weg durch das Restaurant, als er an ihrem Tisch vorbeiging, grüßte er Monika mit einem Kopfnicken. Da konnte er sich nicht länger zurückhalten, er sagte:

»Sein Vater ist bestimmt auch Arzt gewesen, nicht? Und in der Schulzeit hat er in der elterlichen Villa Partys geschmissen, wenn die Alten auf Kongress waren. Oder täusche ich mich?«

Sie blickte ihn kopfschüttelnd an:

»Ist das deine berühmte Menschenkenntnis?«

»Wir hatten auch zwei solche Typen in der Klasse.«

Der Kellner kam mit dem Aperitif.

»Darf man hier rauchen?« fragte er.

»Nur an der Bar«, antwortete der Kellner.

Er ging mit dem Sektglas an die Bar. Nachdem er die Hälfte der Zigarette geraucht hatte, ging er zum Büfett. Er nahm einen einfachen Salat, dazu eine trockene Scheibe Brot, wie um zu beweisen, dass ihm jegliche Lust, sogar auf das enorme Angebot an Speisen, vergangen sei. Das gesamte Essen, der ganze restliche Abend verlief einsilbig. Keiner schien den Mut zu haben, etwas zu sagen. Sie gingen früh aufs Zimmer, und es dauerte nicht lang, bis Monika bei einem Spielfilm einschlief.

Er stand auf und ging hinunter in die Bar. Es waren kaum Leute da, nur ein junges Paar, das sich offensichtlich fehl am Platz vorkam; es gab hier in der Gegend sonst nichts, wo man sich hätte vergnügen können. Er nickte ihnen zu, gleichsam als Verbündeter, und überlegte, ob er eine Runde ausgeben sollte. Aber sie standen bald auf und ließen sich die Rechnung aufs Zimmer schreiben. Er dachte: Fahrt zur Hölle, ich kann auch allein trinken. Und das tat er. Die Schnäpse waren teuer, er bezahlte bar und im Voraus, um sich ihrer Kontrolle zu entziehen. Nachdem er gut eine Stunde lang sämtliche Geschmacksrichtungen verkostet hatte, wies der Barkeeper, um ein Unglück zu verhindern, ihm einen Stuhl zu. Er bestellte Bier, das er an seinen neuen Platz in der Ecke serviert bekam. Aber er hatte kaum zwei Schluck davon genommen, als ihm der Kopf nach hinten auf die hohe Sessellehne kippte.

Er mochte etwa fünf Minuten eingenickt sein, da wachte er auf und entdeckte ihn an der Bar. Er stand auf, nahm das Bierglas und wankte auf ihn zu.

»Superman!«, grölte er.

Der andere ahnte, was ihm bevorstand, und verlangte nach der Rechnung. Er war schon auf halbem Weg hinaus, da rief er:

»Du willst abhauen? Schön, aber eins musst du mir vorher sagen, Herr Doktor: Hast du's ihr richtig besorgt? Nein, sag nichts, ich weiß, dass du's hast. Du siehst nicht aus wie einer, der es den Weibern nicht richtig besorgt.«

Er bekam keine Antwort, also versuchte er es weiter:

»Aber du hast es ihr ordentlich gegeben, was? Jetzt sag schon, hast du's ihr ordentlich gegeben? Dir ihre Beine um den Hals geklappt, wie sie es am liebsten ...«

»Du hast recht«, unterbrach ihn der andere, »es war großartig. Weiter, weiter, hat sie geschrien, sie konnte gar nicht genug kriegen.«

Er schlug mit der Hand auf den Tisch:

»Wusste ich's doch. Glaubst du, ich hätt's nicht gewusst? Einer wie du ... Na ja, und dann hast du dir gesagt: Der Alte will sowieso, dass ich Arzt werde, und bei dem geilen Anblick unter dir hast du gedacht: Ja, das wär doch was. Glaub nicht, ich hätt's nicht von Anfang an gewusst.«

Der andere schüttelte den Kopf:

»Dann ist wohl alles geklärt, gute Nacht.«

»Ja, ab ins Bett mit dir, Superheld!«

Er sah ihn davongehen. Außer ihm war niemand mehr im Lokal. Er trank das Bier aus, obwohl er kurz davor war, sich zu übergeben.

»Noch eins«, sagte er zum Barkeeper.

»Es gibt nichts mehr für Sie«, kam es als Antwort.

»Noch eins!«, brüllte er.

Der Barkeeper kapitulierte und goss ihm noch eines ein. Wenig später jedoch, als er es vor ihn hinstellte, lag sein Kopf bereits auf den Unterarmen auf dem Tisch.

Kurz vor Mittag am nächsten Morgen erwachte er und fand sich allein im Zimmer. Er hatte Kopfschmerzen und fast keine Erinnerung. Er stieg aus dem Bett und merkte, dass er noch das Hemd vom Vortag anhatte. Die Schuhe standen neben dem Stuhl, der zu dem kleinen Zimmertisch gehörte, die Hose hing über der Lehne. Er torkelte durch den Raum. Die Vorhänge waren vorgezogen, und er fand sich nicht zurecht. Als er sein Telefon einschaltete, sah er, dass Monika ihm eine Nachricht gesendet hatte: ›Wollte dich nicht wecken. Wir sehen uns unten.‹ Er schenkte sich ein großes Glas Wasser ein, trank es in einem Zug. Anschließend zog er Badehose und Bademantel an, schlüpfte in die Badeschuhe und ging nach unten.

Er traf sie im Restaurant. Sie war nicht allein gewesen, er sah leere Teller und Kaffeetassen auf dem Tisch stehen. Sie winkte ihm zu, als er durch das Drehkreuz in den Restaurantbereich kam. Er überlegte, ob er sich neben sie oder ihr gegenüber setzen sollte. Er setzte sich neben sie. Lange blickten sie einander an, ohne etwas zu sagen. Nach einigen Augenblicken deutete er mit einer Kopfbewegung auf das Geschirr, das sie inzwischen gestapelt und an den Tischrand geschoben hatte.

Er fragte: »Worüber habt ihr geredet?«

Sie sagte: »Erinnerungen.«

Er sagte: »Ich kann mich an fast überhaupt nichts erinnern, dabei war es erst gestern.«

»Du hast recht, es ist, als wäre es gestern gewesen.«

»Es war gestern.«

»Aber an irgendetwas musst du dich doch erinnern.«

»Nein«, sagte er.

Er stützte den Kopf auf die Hände. Er war müde, nicht unangenehm müde, er freute sich schon darauf, bald im Liegestuhl zu sitzen und ein wenig zu schlummern. Nach einer Weile murmelte er:

»Ich fühle mich so … gereinigt.«

Sie lächelte und sagte: »Nach dem, was du im Bad angestellt hast, braucht dich das nicht zu wundern. Hast du eine Ahnung, wie du aufs Zimmer gekommen bist? Der

Barkeeper hat dich heraufgeschleppt. Er muss mindestens fünf Minuten an die Tür gehämmert haben, bevor er mich wach gekriegt hat.«

Er sagte nichts.

Sie sagte: »Manchmal liegt einem etwas im Magen, das muss man rauslassen.«

Wieder sagte er nichts.

Sie fragte: »Aber geht es dir jetzt besser?«

Er sagte: »Ja, jetzt geht es mir besser.«

Ein dünner Faden

Er kehrte zurück von einem Aufenthalt in einem kleineren Städtchen im Westen des Landes, er hatte einen Freund besucht, der aufgrund einer schweren, langwierigen Krankheit seit einiger Zeit im Krankenhaus lag, und er war müde, mitgenommen, in ihm tobte ein Hin und Her an Gefühlen, ein Durcheinander aus Trübsinn, Erleichterung und Freude über das Wetter, denn es war warm und sonnig und annähernd windstill, der Himmel zeigte alle Anzeichen eines perfekten Tages. Doch die Erinnerung an die Klinik und den Anblick des alten Kumpels, an seinen ausweglosen Zustand und nicht zuletzt an die tiefe Erleichterung, die er empfunden hatte, nachdem er das Krankenhaus verlassen hatte und ins Auto gestiegen war, diese Erleichterung auf Kosten eines anderen – denn das war es, was er gedacht hatte: auf Kosten eines anderen –, alles das, zusammen mit der Anstrengung, die es ihn gekostet hatte, sich auf der stark befahrenen Strecke mit vielen Kurven und Tunnels auf den Straßenverkehr zu konzentrieren, bewirkte eine höchst differenzierte Stimmung, die es ihm schwer, fast unmöglich machte, die Gedanken klar zu halten.

Er war zwei Tage weg gewesen, und als er das große Eingangstor aufschloss, hörte er aus dem Garten lautes Lachen und das Klirren von Besteck und Gläsern. Es war halb zehn Uhr Vormittag. Er war früh aufgebrochen, um durch die knapp vierstündige Autofahrt nicht den ganzen Tag zu verlieren, und seine Stimmung wurde um nichts greifbarer, als er auf der Terrasse neben dem Whirlpool Karina und ihre Freundin hinter einer Flasche Sekt an einem reichlich gedeckten Frühstückstisch sitzen und kichern sah. Wie es schien, hatten sie ihn nicht kommen gehört: Keine von ihnen wandte den Kopf zum Haus oder hielt einen Augenblick inne, um zu sehen, wer gekommen war. Sie aßen nicht mehr. Er hatte ganz klar den Eindruck, dass sie betrunken waren, zumindest restbetrunken, dachte er, das Lachen wirkte übertrieben und passte nicht gut zu den langsamen, ein wenig schlackrigen Bewegungen des restlichen Körpers. Sie hatten Bademäntel an, und er konnte sehen, dass ihre Haare nass waren. Auf der kleinen Abstellfläche des Whirlpools sah er zwei fast leere Sektgläser, die offensichtlich von gestern Nacht stammten: ein paar tote Obstfliegen und ein Käfer schwammen darin. Er dachte: Haben sie die Nacht durchgefeiert? Und was gefeiert? Und gleich im Anschluss schoss ihm die einzig logische Frage in den Kopf, die darauf folgen konnte: Wo war Johanna?

Er ging ins Obergeschoss. Die Tür zu ihrem Zimmer stand offen. Er hatte noch Schuhe an und blieb auf der Schwelle stehen. Das Bett war gemacht, die Decke sorgfältig glattgestrichen, auch einige Spielsachen und das Plüschtier fehlten. Er ging wieder nach unten und hinaus auf die Terrasse.

Sie saßen nicht mehr am Tisch; sie waren inzwischen aufgestanden und schlenderten durch den Garten. Er ging zu ihnen hin. Sie standen vor dem kleinen Gemüsebeet und redeten laut, unkontrolliert laut, das Ganze wirkte rücksichtslos und störend, in der ganzen Nachbarschaft war sonst kein

Ton zu hören. Er dachte: Es scheint sie einen Dreck zu interessieren, dass ich zurück bin. Er wartete auf ein Zeichen von Aggression, ein Bedürfnis, sich Luft zu machen, aber es kam nichts; was er stattdessen empfand, war Verwunderung, es grenzte an Fassungslosigkeit. Erst jetzt fiel ihm auf, dass unter den Bademänteln viel nackte Haut zu erkennen war, offenbar trugen sie darunter immer noch ihre Badesachen, und er sah, dass einer der Mäntel ihm gehörte. Und als er noch ein wenig genauer hinsah, in einem Moment, als Karina sich nach vorn beugte, um eine der großen Fleischtomaten zu pflücken, entdeckte er, dass sie kein Oberteil trug. Er blieb abrupt stehen. Er dachte: Hat sie untenrum etwa auch nichts an? Doch, das hatte sie, und obgleich er der Meinung war, dass er jedes Recht hatte, gemeinsam mit Karina auch ihre Freundin anzuklagen, schreckte er dennoch davor zurück, sie ebenfalls genauer ins Auge zu fassen. Ich will es nicht wissen, ich will es gar nicht wissen, dachte er, aber ehe er den Gedanken zu Ende gedacht hatte, wusste er es schon. In dieser Sekunde erst machte sich ein Anflug von Wut bemerkbar, ein weniger überzeugender Anflug jedoch, da sich durch den Anblick der beiden Frauen im Bademantel und die Vorstellung, wie sie darunter aussahen, eine leise aufwallende Erregung hinzumischte, er merkte, wie die aggressive Anwandlung immer mehr unterdrückt wurde, bis sie sich kurz darauf ganz legte und er versöhnlich, beinahe fröhlich gestimmt war, es war, als ob ein dichter, dunkler Nebel sich plötzlich lichtete. Doch als er gleich darauf sah, wie Karina sich benahm, und was sie dann sagte, lenkte das seine Gedanken schlagartig in ihre ursprünglichen Bahnen.

Sie befanden sich noch immer beim Beet. Karina hatte sich die Badeschuhe ausgezogen und stand mit einem Fuß in der Erde, pflückte die größte Fleischtomate, die sie finden konnte, und reichte sie hinaus, und als die Freundin mit einem erstaunten Gesichtsausdruck und viel zu lauter Stimme rief: »Du meine Güte, was sind das für Tomaten!«, antwortete Karina: »Es ist der Samen von meinem Mann.« Sie kicherten. »Der Samen von deinem Mann?«, fragte die Freundin. »Ein ganz besonderer Samen«, sagte Karina, worauf das Kichern in einen Lachanfall überging, sie kreischten, wieherten und mussten sich mit den Armen auf den Oberschenkeln abstützen.

Er war fassungslos. Er konnte nicht begreifen, was eben geschehen war. Eine dunkle Tiefe höhlte sich in ihm aus, und sein Mund war von einer Sekunde auf die andere wie ausgetrocknet. Er hatte spontan beschlossen, nichts zu sagen, sie sich beruhigen zu lassen und in der darauffolgenden Stille durch sein Schweigen die gerechte Strafe wirken zu lassen, da sie früher oder später – wohl eher früher, dachte er – ihren Fehltritt einsehen und sich entschuldigen, sich vielleicht sogar schämen würde. Aber er merkte schnell, dass die Chancen schlecht standen, er sah keinerlei Anzeichen davon, und so sagte er nur, mit möglichst lauter Stimme: »Wo ist Johanna?«, ohne auf eine Antwort von ihr zu warten.

Er ging am Haus vorbei und verließ das Grundstück. Er setzte sich ins Auto und fuhr zwei Dörfer weiter zum Haus ihrer Eltern. Er fuhr schnell und nahm auch in den Kurven den Fuß nicht vom Gas; außer ihm war kein Auto auf der Straße, es war Sonntag. Er parkte auf dem gepflasterten Abstellplatz direkt vor dem Küchenfenster von Karinas Elternhaus. Die Gardinen waren zur Hälfte vorgezogen, die Schwiegermutter stand vor dem Spülbecken und telefonierte. Sie hatte den Rücken zum Fenster gewandt und den Ellbogen leicht angehoben, es sah aus, als hätte sie Zahnschmerzen und hielte sich die Wange. Als sie sich umdrehte, entdeckte sie ihn und winkte. Er winkte zurück. Aber er wollte noch nicht hineingehen, er wollte abwarten, bis das Bild der nackten Oberkörper unter den Bademänteln sich auflöste. Es löste sich nicht auf. Er dachte: Sie hat gewusst, wann ich komme, sie hätte ausreichend Zeit gehabt oder es so planen können, dass ihr ausreichend Zeit geblieben wäre, um alles wegzuräumen und so zu tun, als sei nichts gewesen. Hat sie es darauf angelegt, dass ich es mitbekomme? Und was war eigentlich gewesen? Die Kleine hatte in den letzten Jahren oft allein bei den Großeltern übernachtet, daraus brauchte man keine große Sache zu machen. Warum hat sie nichts gesagt? Und als wir gestern Abend telefonierten, als ich mit Johanna sprechen wollte und sie erklärt hat, sie würde schlafen? War die Kleine zu dem Zeitpunkt überhaupt noch zu Hause gewesen? Warum lügt sie? Er schlug einmal mit der flachen Hand gegen das Lenkrad, dann ging er hinein.

Die Tür war unverschlossen. Niemand kam, um ihn zu begrüßen. Aus der Küche hörte er die Stimme der Schwiegermutter, gedämpft, fast klang es, als ob sie flüsterte. Er streifte die Schuhe ab und platzierte sie neben Johannas kleinen Sandalen auf der Ablage. Dann ging er ins Wohnzimmer. Am Fußboden im hinteren Bereich lagen die Spielsachen verteilt, auf dem Beistelltisch stand die Schachtel mit den Bausteinen. Sie lag auf dem Sofa. Er ging zu ihr hin und beugte sich über sie; es schien, als wäre sie eingeschlafen. Ihr schmaler, biegsamer Körper steckte zu einem Teil unter der Plüschdecke, das Gesicht lag beinahe flach auf dem Sofabezug, die Beine hingen über den Rand hinunter, als gehörten sie nicht zu ihr, sondern zu einer anderen Person, in dieser verrenkten Stellung schlief sie oft. Er suchte zwischen den Polstern, bis er alle ihre Enden gefunden hatte, die beiden Arme, die ihm noch zu einem Gesamtbild fehlten, dann setzte er sich neben sie. Der Schwiegervater lehnte im Ohrensessel vor dem Fernseher, der Ton war ausgeschaltet, auf dem Bildschirm waren die Aufnahmen der Helmkamera eines Formel-1-Piloten zu sehen. Er starrte den Schwiegervater an, bis ihm ein Ruck durch den Körper fuhr und er sich erschrocken umsah; eine dicke, weiße Haarsträhne hing dem Alten ins Gesicht und er musste die Brille zurechtrichten, die über das eine Ohr geglitten war.

»Sie schläft«, sagte der Schwiegervater, »sie war so müde.«

»Ich bin auch müde«, sagte er. »Ich werde mit ihr ins Zimmer gehen und mich ein Weilchen mit ihr hinlegen.«

Die Schwiegermutter kam aus der Küche. Sie steckte das Telefon in die Tasche und ließ den Blick durchs Wohnzimmer wandern. Sie sah ihn an und wollte wissen, ob Karina nicht da sei.

»Karina?«, fragte er.

Er war sich sicher, dass sie gesehen hatte, dass außer ihm niemand im Auto gesessen war. Er dachte: Weiß sie nicht, dass ich alleine verreist war? Was hat Karina ihnen erzählt?

Er sagte: »Sie ist zu Hause.«

Wieder derselbe Blick. Er bildete sich ein, etwas in ihren Augen zu entdecken. Sie fragte, warum sie nicht gemeinsam hierher gefahren seien. Er antwortete nicht.

»Wart ihr nicht zusammen unterwegs?«, fragte sie.

»Nein«, sagte er und beugte sich hinunter zu Johanna, um sich nicht weiteren Fragen auszusetzen. Er redete leise auf sie ein, nahm sie auf die Schulter und trug sie ins Zimmer. Einmal hörte er ein kurzes Seufzen, sie sagte »Mama«, und im nächsten Moment war sie wieder eingeschlafen. Er legte sie vorsichtig aufs Bett, breitete die Decke über sie und beobachtete, wie sie augenblicklich Arme und Beine einzog und sich zu einem Bündel zusammenfaltete. Er zog das verschwitzte Hemd aus und schlüpfte in ein löchriges T-Shirt, das noch vom letzten Mal über der Stuhllehne hing, es musste mindestens zehn Jahre alt sein. Dann kroch er zu ihr unter die Decke. Es war heiß, viel zu heiß für das dicke Daunenbettzeug, aber er schlief augenblicklich ein, beruhigt von den leisen, gleichmäßigen Atemzügen des Körpers neben sich.

Er schlief drei Stunden, ohne ein einziges Mal wach zu werden. Als er geweckt wurde, war er verwirrt und orientierungslos. Im Schlaf, so schien es ihm, hatte alles eine große Klarheit und Sinnhaftigkeit besessen. Im Wachzustand fühlte er sich einen Moment lang vollkommen verloren. Er lag allein im Bett, mit Blick auf die weiße Wand. Der Raum erinnerte an ein Krankenzimmer, und er wusste nicht, wo er war. Als er sich umdrehte, sah er die Angehörigen an der Bettkante stehen, sie starrten ihn an, besorgt, wie es ihm vorkam, bis ihm aufging, dass es seine Angehörigen waren und er nicht der, für den er sich gehalten hatte. Er war mit dem Gefühl erwacht, irgendetwas Schlimmes müsse geschehen sein, aber er war nicht tot, und nachdem er die Personen an seinem Bett als seine Frau und seine Tochter erkannt hatte und sich erinnerte, was vorgefallen war, überrollte ihn eine Welle des schlechten Gewissens, da er sich gesund und kräftig fühlte und eine große Erleichterung darüber empfand, dass er nicht der war, der er geglaubt hatte, dass er sei.

Er ruderte mit den Beinen, bis er vollständig abgedeckt war, und richtete sich auf. Johanna stupste ihn an:

»Du hast aber lange geschlafen, Papa.«

Er wollte antworten, aber es ging nicht.

»Ja, Papa war ganz müde«, sagte Karina.

»Komm, du musst aufstehen«, sagte Johanna. »Du musst mir helfen, das Haus fertigzubauen. Das Dach ist immer das Schwerste, und das sollst du mit mir bauen, hat Mama gesagt.«

Karina pflückte die Kleine vom Bett, die schon mit einem Knie über die Holzkante geklettert war. Sie flüsterte ihr etwas zu, worauf das Mädchen ein wenig enttäuscht »Ja« sagte und aus dem Zimmer lief. Die Tür blieb offen. Er glaubte zu bemerken, dass Karina erwog, sich zu ihm an die Bettkante zu setzen, sich jedoch dagegen entschied und stehenblieb. Sie erklärte, sie hätten mit dem Essen auf ihn gewartet, aber jetzt sei es schon nach eins und alle seien hungrig, deshalb habe sie ihn geweckt. Ob er nicht gemerkt habe, wie Johanna über ihn geklettert sei? Er schüttelte den Kopf. Er fragte, wie lang die Kleine schon wach sei.

»Mutter sagt, seit einer Stunde. Sie hätte versucht, dich zu wecken, dich sogar geschüttelt. Aber du hättest irgendwas über einen Mann gesagt und laut deinen Namen gerufen und sie zur Seite geschubst.«

»Im Ernst?«, sagte er.

»So hat sie es erzählt.«

Er versuchte sich zu erinnern, ob er geträumt hatte, aber da war nichts. Die Orientierungslosigkeit war nach und nach abgeklungen, in ihm erstreckte sich ein weiter, offener Raum, aber er war noch immer beeindruckt von der Echtheit und Intensität der Empfindung, jemand anderer zu sein als der, der er war, und ihm wurde schlagartig bewusst, dass es weder ein absurder Traum noch eine absurde Vorstellung war: Im Grunde war alles reiner Zufall, er hätte ebenso gut der andere sein können und der andere ebenso gut er.

Sie sagte, er solle sich nur schnell das Gesicht waschen und gleich anschließend zum Essen hinauskommen, alle würden schon auf ihn warten. Dann ging sie aus dem Zimmer, ohne ein Wort darüber zu verlieren, was am Vormittag vorgefallen war. Er folgte ihr wenige Augenblicke später. Alle bis auf die Schwiegermutter saßen am Tisch. Es roch nach Hühnersuppe, aber nur an seinem Platz stand ein Teller mit einem Löffel darin. Er ging weiter ins Badezimmer. Er drehte den Wasserhahn auf, um sich das Gesicht zu waschen, es war von der Wärme unter der Bettdecke geschwollen, es fühlte sich dick an und sah auch so aus, wie er im Spiegel entdeckte. Da ging ihm auf, dass er sozusagen auf Karinas Befehl hier war, dass sie ihn gewissermaßen damit beauftragt hatte, sich waschen zu gehen, und er drehte den Wasserhahn wieder ab. Er war der Meinung, dass ihr nicht das Recht zustand, ihm Anordnungen zu erteilen, nicht bevor sie sich entschuldigt hatte. Er ging ins Wohnzimmer. Karina warf ihm einen schnellen Blick zu. Er dachte: Sie weiß es, sie hat es gemerkt. Aber die Genugtuung, die er über dem Gedanken zu empfinden erwartet hatte, blieb aus. Im Gegenteil, es fühlte sich lächerlich an. Er setzte sich. Die Schwiegermutter fragte, ob er Bier zur Hauptspeise wolle. Er nickte.

»Du auch?«, fragte der Alte und blickte zu Karina.

Sie schüttelte den Kopf.

»Nein, das kann ich mir vorstellen«, sagte die Schwiegermutter, während sie den Bräter in die Mitte des Tisches auf zwei Korkuntersätze stellte. Der Schwiegervater ging in die Küche, brachte eine Flasche Bier und zwei Gläser, Karina beförderte ein kleines Stück Fleisch auf Johannas Teller. Einmal stand er noch auf, um seinen Suppenteller in die Küche zu tragen, dann begannen sie mit der Hauptspeise. Anfangs verlief das Essen größtenteils schweigend. Sogar Johanna war bemüht, sich still zu verhalten, saß kerzengerade auf ihrem Stuhl, den sie artig so knapp wie möglich an die Tischkante herangeschoben hatte. Aber nachdem sie den Teller zur Hälfte leergegessen hatte, konnte sie nicht länger an sich halten, sie wurde zunehmend unruhiger, setzte sich auf die Knie oder in den Schneidersitz und stützte die Ellbogen auf den Tisch.

»Bist du sehr traurig, dass dein Freund krank ist?«

Er war überrascht, antwortete aber schnell:

»Ja, Papa ist traurig.«

»Wird er bald sterben?«

»Das kann man nicht genau sagen«, antwortete er. »Es gibt Tage, da geht es ihm gut, aber manchmal geht es ihm nicht so gut.«

Sie nickte leicht vor sich hin und schien nachzudenken, während sie noch einige Bissen auf ihre Gabel schaufelte, sorgfältig portioniert, ohne sie danach in den Mund zu schieben. Das langsame Kratzen der Gabelzinken auf dem Porzellan verursachte ihm eine Gänsehaut, aber er ermahnte sie nicht. Er fragte sich, wie lange es dauern würde, bis jemand etwas sagte. Doch niemand sagte etwas. Plötzlich fragte Johanna:

»Ist Mama auch traurig?«

Alle am Tisch hoben den Blick von ihren Tellern. Karina schaute ihn an, die Schwiegermutter schaute Karina an. Er merkte, dass niemand antworten würde, und so sagte er:

»Ja, Mama ist auch traurig. Alle sind traurig, wenn jemand eine schlimme Krankheit hat.«

Sie nickte, als wollte sie sagen: Ich verstehe.

»Haben du und Mama sich von ihm verabschiedet? Und habe ich deshalb bei Oma und Opa schlafen müssen?«

»Ja«, sagte Karina, »weil du den Mann gar nicht gekannt hast. Er war ein Freund von deinem Papa.«

»Ist!«, rief er, »er *ist* mein Freund«, und das war der einzige Ausbruch, den er sich erlauben wollte. Der Schwiegervater war erschrocken, dass er sich beinahe verschluckte, die Schwiegermutter hörte zu essen auf und schaute ihn an. Nur Johanna schien ihn zu verstehen, er sah es an ihrem Blick, der voller Anteilnahme war und Mitgefühl. Er legte seine Hand auf ihren Arm. Sie hatte das Besteck zur Seite gelegt, und er merkte, dass sie nicht mehr essen wollte, dass sie aber aus irgendeinem Grund ein schlechtes Gewissen hatte und sich nicht traute, Gabel und Messer wegzulegen oder zu sagen, sie habe keinen Hunger mehr. Er sagte, sie müsse nicht weiteressen, wenn sie nicht könne. Karina warf einen Blick auf Johannas Teller. Er sah, dass sie im Begriff war, etwas zu sagen. Sie sagte es nicht. Er fragte die Kleine, ob sie ihm ihr Gemüse abtreten wolle. Sie nickte und schob langsam ihren Teller an seinen. Dann fragte sie, ob das weit weg sei, wohin sie gefahren waren. Sie sah niemanden an, blickte hinunter auf ihren Teller, auf die rotbraune Spur, die sich auf der einen Seite bis über den Rand zog und in einem dicken Tropfen endete, der kurz davor war, auf das weiße Tischtuch zu fallen.

»Ja«, sagte er. »Man fährt ungefähr vier Stunden.«

»So lang?«, sagte Johanna.

»Und außerdem muss man viele Kurven fahren, und die

Straße ist ganz schmal. Und du weißt ja, was passiert, wenn so viele Kurven sind. Aber dort kann man nicht anhalten, und auf der Strecke gibt es kein Klo.«

Diesmal wandte sie sich zu ihrer Mutter und fragte:

»Und wo habt ihr geschlafen?«

»In einer Pension«, antwortete Karina.

»Und wo hat Papas Freund geschlafen?«

»Der schläft im Krankenhaus«, erklärte sie. »Aber im Krankenhaus schläft man nur, wenn man krank ist.«

»Und warum bist du mitgefahren, wenn es doch Papas Freund ist?«, fragte Johanna. Im selben Moment war ein lautes Geräusch zu hören: Die Schwiegermutter ließ Messer und Gabel fallen und stand vom Tisch auf. Sie hatte sich so ruckartig erhoben, dass beinahe der Stuhl umgekippt wäre. Aber die Kommode stand ausreichend knapp dahinter, sodass es nur zu einem mäßig lauten, hölzernen Knall kam. Sie eilte in die Küche. Alles war still. Auch das Radio war ausgeschaltet, das der Schwiegervater während des Essens üblicherweise einzuschalten pflegte, und der Fernseher lief noch immer bei ausgeschaltetem Ton. Karina stand auf und folgte ihrer Mutter in die Küche. Niemand sagte etwas. Er beobachtete Johanna, die den rotbraunen Tropfen am Tellerrand beobachtete. Er hing an einem dünnen Faden, und es sah aus, als könne er jederzeit reißen und der Tropfen fallen. Aber er fiel nicht. Er konnte sehen, mit welch nervöser Spannung sie das Ganze verfolgte, wie schweigsam sie war und wie sie versuchte, sich so wenig wie möglich zu bewegen, um nicht der Auslöser zu sein. Aus der Küche war eine geflüsterte Diskussion zu hören. Mehrmals hörte er die Schwiegermutter »das Kind« sagen, bis es Karina zu viel wurde und sie sagte, sie solle nicht immer »das Kind« sagen, das Kind habe einen Namen. Das war einer der wenigen Momente, in denen er sie deutlich hören konnte. Einmal bildete er sich ein, »kein Spaß« verstehen zu können, aber es konnte ebenso gut »eine Farce« gewesen sein. Er aß weiter, und als der Schwiegervater es sah, aß er ebenfalls weiter. Die Messer schabten laut auf dem Tellerboden in der abgesonderten Stille, und warum muss der Alte sich bei jedem Bissen mit der Gabel gegen die Zähne schlagen, dachte er ärgerlich. Er hatte keine Lust mehr zu essen, aber er aß weiter. Er wusste nicht, was er sonst tun sollte. Nach einer Weile stand Johanna auf, schob den Stuhl mit den Knien nach hinten und ging ins Wohnzimmer zu dem Tisch mit den Bausteinen. Sie fragte nicht, ob sie aufstehen durfte, sie tat es einfach. Die Stimmen in der Küche wurden lauter, einmal war das helle Geräusch eines Gegenstandes zu hören, der mit Gewalt ins Spülbecken befördert wurde. Der Schwiegervater wollte wissen, was da drinnen los sei.

Er sagte: »Das musst du Karina fragen.«

»Nie erfahre ich etwas«, sagte der Schwiegervater.

»Ich würde es dir sagen, wenn ich es wüsste!«, sagte er und stand auf, ließ alles liegen, wie es war, und ging ins Wohnzimmer. Er setzte sich in den Ohrensessel. Er stellte den Fernseher ab und stand wieder auf. Die Stimmen in der Küche wurden allmählich leiser. Bald darauf kam Karina aus der Küche, die Schwiegermutter folgte ihr wenige Sekunden später. Schweigend, ohne einander anzusehen, räumten sie den Tisch ab, jede auf einer anderen Seite, auch ihre eigenen Teller, die noch zur Hälfte mit Essen gefüllt waren. Er saß neben Johanna auf dem Boden vor dem Beistelltisch, als Karina kam. Sie beugte sich über sie und legte die Hände auf ihre Schultern.

Sie sagte: »Mama ist müde, wir fahren nach Hause.«

Die Kleine nickte, stand schweigend auf und ging ins Zimmer. Er fing an, die Bausteine in die dafür vorgesehene Schachtel zu packen. Karina sagte, er solle damit aufhören, die Kleine müsse lernen, nicht alles stehen und liegen und andere für sie wegräumen zu lassen. Er nickte, hörte aber nicht auf. Er wusste, dass sie recht hatte, aber er hörte trotzdem nicht auf. Im Gegenteil, er wurde immer ungehaltener, warf die Steine immer wilder und kräftiger in die Fächer, bis sie heraussprangen. Und in einem Moment, als Karina sich nach vorn beugte und er den Ansatz ihrer Brust im Ausschnitt des Oberteils sehen konnte, schoss ihm blitzartig das Bild vom Vormittag in den Kopf, der Bademantel, als sie sich zu den Tomaten hinuntergebeugt hatte, und obwohl er fest entschlossen gewesen war, sich keinen weiteren Ausbruch zu erlauben, wandte er sich mit einer abrupten Bewegung zu ihr um und sagte in einem aggressiven Flüsterton:

»Sag mir nur eins: Hast du das Ganze geplant oder ist es dir spontan eingefallen?«

»Spielt das eine Rolle?«

»Für mich ja«, sagte er, »für mich spielt es eine Rolle. Ich muss wissen, ob du von vornherein gewusst hast, dass du dich volllaufen lassen wirst, während ich an seinem Krankenbett sitze.«

»Meine Abstinenz macht ihn nicht wieder lebendig.«

»Er ist noch nicht tot!«, rief er, und während er es rief, fegte er mit einer weiten Handbewegung die gerade einsortieren Klötze samt der Verpackung vom Tisch. Karina blickte zuerst ihn an, danach über seine Schulter hinweg zum Gästezimmer. Ihrem vorwurfsvollen Blick entnahm er, dass Johanna herausgekommen sein musste, dass sie aus dem Zimmer gekommen sein musste und ihn sah, das war die einzig denkbare Interpretation, die dieser Blick zuließ. Er wusste nicht, wieviel sie gesehen hatte, ob sie beobachtet hatte, wie er die Bausteine vom Tisch gefegt hatte, oder ob sie nur das Ergebnis betrachtete, die Steine, die auf dem Fußboden verteilt lagen. Er überlegte, ob er sich umdrehen sollte.

Ein falsches Bild

Sie war zu Besuch bei ihrer Zwillingsschwester, ihre Nichte feierte den achten Geburtstag, sie war lang nicht mehr dort gewesen und hatte die letzten vier Feiern des Mädchens versäumt. Die Nichte hatte vor drei Wochen persönlich bei ihr angerufen, um die Einladung auszusprechen, und sie hatte nicht nein sagen können.

Sie saßen auf der Terrasse, im Schatten des Nussbaums und der weiter hinten stehenden Tanne. Unter ihren Stühlen knarrten die Holzlatten des neu verlegten Bretterbodens, es roch nach Leinöl, und auf der Dachrinne über ihnen saßen die Vögel und zwitscherten. Es war überraschend warm für die Jahreszeit; es war erst Mitte März, aber schon seit Tagen herrschte das schönste Frühlingswetter. Am späten Vormittag hatte es einen kurzen Regenschauer gegeben, doch knapp eine Stunde nach dem Mittagessen war die Sonne zum Vorschein gekommen, und sie hatten den aufklappbaren Tisch und Stühle aus dem Keller geholt, um draußen den Kaffee zu trinken und die Torte zu essen. Insgesamt fünf Kinder waren da, zwei Schulfreundinnen der Nichte und zwei Mädchen aus der näheren Umgebung. Die Erwachsenen saßen auf der einen Seite des Tisches, die Kinder auf der anderen, es ging sehr laut zu, die Stimmen überschlugen sich, das Kinderlachen hallte zwischen den Wänden der Nachbarhäuser. Auch die Erwachsenen lachten. Die Schwester saß neben ihr und warf den Kopf in den Nacken, wie sie es oft tat, wenn sie aus vollem Hals lachte. Bald würde sie es nicht mehr aushalten. Sie dachte: Eine halbe Stunde, dann bin ich weg. Dieses handfeste Ziel verschaffte ihr ein wenig Erleichterung, sie spürte förmlich, wie eine Last von ihr abfiel, und sie nahm einen großen Schluck von ihrem Kaffee, der ihr in diesem Moment viel zu dünn und zu schwach schien, sie hätte zur Unterstreichung ihres Beschlusses gern ein stärkeres inneres Zeichen gespürt. Wenig später aber, als eines der Kinder den Vorschlag machte, Mensch ärgere dich nicht zu spielen, wurde ihr klar, dass sie nicht einmal diese halbe Stunde durchhalten würde, und sie stand auf, ohne etwas zu sagen, und ging in die Garderobe.

Ihre Schwester schien sie durchschaut zu haben und folgte ihr. Sie hörte das schabende Geräusch eines Stuhls, der verschoben wurde, dann das eilige Klappern der Holzpantoffeln auf dem Parkettboden. Sie hörte es den ganzen langen Weg von der Terrasse in die Garderobe. Sie drehte sich nicht um. Erst als es keinen Ausweg mehr gab, hinter der undurchsichtigen Glastür zum Vorraum, trafen sie aufeinander. Die Schwester stellte sich dicht vor sie hin und starrte sie mit großen Augen vorwurfsvoll an, sie starrte mit ebenso großen Augen zurück. Keiner bewegte sich, keiner sagte etwas; es war der gleiche lächerliche Machtkampf wie früher. Sie dachte: Das kann nicht ihr Ernst sein, wir sind erwachsene Menschen. Aber es war ernst, denn als sie nach einer Weile Anstalten machte, sich zu bewegen, fuhr die Schwester blitzschnell ihren Arm aus, um sie daran zu hindern, nach ihrer Jacke zu greifen, und sie wollte kontern und mit einer ebenso schnellen Bewegung vor ihr zurückweichen, aber es gelang ihr nicht, rechtzeitig zu reagieren, und das

Ergebnis war, dass die Schwester mit der Hand gegen ihren Unterarm stieß und ihr mit den spitzen Nägeln die Haut aufkratzte.

Sie war kurz davor laut zu schreien; es war eine instinktive Reaktion, die sie nur mit Mühe zurückhalten konnte. Sie war wütend, ihr Puls raste, und sie musste mehrmals leise nach Luft schnappen. Vielleicht hätte sie unter anderen Umständen tatsächlich geschrien, aber sie konnte nicht wissen, ob ihr Schwager oder eines der Kinder in der Nähe stand und zuhörte, es war gut möglich, dass jemand sie beobachtete, die Toilette lag am Ende des Ganges und die Tür zur Küche stand offen. Sie griff nach ihrer Jacke. Die Schwester wollte erneut nach ihrem Arm greifen, besann sich jedoch eines Besseren und zog mit einer demonstrativen Bewegung die Hand zurück, nahm stattdessen die Jacke vom Haken und hielt sie für sie, bis sie sich die Schuhe zugeschnürt hatte.

»Geh nicht«, sagte sie.

»Du meinst, weil du mich so höflich bittest?«

»Weißt du was!«, rief sie.

»Was?«, sagte sie, »was weiß ich?«

Sie trat von ihr weg und ging die paar Schritte hinüber zur Tür. Die Schwester eilte ihr nach und versperrte ihr den Weg. Sie erklärte, die Kinder würden noch ein, zwei Stunden hier sein, danach wäre es ruhiger, dann hätten sie Zeit.

»Und hast du mir nicht am Telefon versprochen, diesmal würde es anders?«

»Nein«, sagte sie.

»Nein?«, sagte die Schwester. »Wie kannst du das sagen, wenn ich es selbst gehört habe?«

Von der Terrasse her kamen Geräusche. Sie hörte das Lachen der Kinder, dann Schritte, die sich schlurfend über den Parkettboden bewegten. Sie wollte gehen, da stellte die Schwester sich vor sie hin und schlug vor, sie solle in der Zwischenzeit eine Runde durchs Dorf drehen, es gebe einen neuen, asphaltierten Weg am Fluss entlang, den solle sie sich ansehen. Und um die restliche Zeit zu überbrücken, könne sie auf dem Rückweg in Becks Gaststube einkehren, sie werde staunen, wie wenig sich dort verändert habe. Sie wartete auf eine Reaktion, aber es kam keine.

»Du musst versprechen, dass du zurückkommst«, sagte sie.

»Ich überleg's mir.«

»Nein, versprich es«, sagte die Schwester, und was sie wenig später hinzufügte, ging ihr sichtlich nicht leicht über die Lippen: »Ich will meine Schwester zurückhaben.«

»Ich überleg's mir«, sagte sie.

Sie ging direkt zu Becks Gaststube. Sie dachte: Du wirst dir nicht vorschreiben lassen, welchen Weg du zu gehen hast. Sie kannte fast jedes Haus, an dem sie vorbeikam, nur einige Fassaden oder Zäune waren neu gestrichen, bei anderen standen neue Autos unter den Schutzdächern. Sie hätte den Weg blind gehen können. Wenig später überquerte sie den Fluss bei der alten Holzbrücke, die direkt zum Hauptplatz in das kleine Ortszentrum führte. Von hier aus konnte sie den neuen Weg sehen, von dem die Schwester gesprochen hatte. Sie sah, dass die dichten Sträucher zu beiden Seiten gestutzt worden waren, man konnte problemlos darüber hinweg in die weite, offene Landschaft sehen. Wenige Minuten später stand sie auf dem alten, rostigen Eisengitter vor der Eingangstür der Gaststube und zögerte. Sie trat noch einmal zurück, um durch eines der Fenster hineinzusehen, aber davor hingen feinmaschige Gardinen, und das Glas war gleich schmutzig wie damals. Dann ging sie hinein. Sie kam unbemerkt von Beck an der Theke vorbei und ging die drei flachen Stufen hinunter in den hinteren Bereich. Nichts hatte sich geändert. Die Tische, Stühle und Sitzbänke waren noch immer dieselben, der Teppichboden hatte dieselben Flecken an denselben Stellen, und es herrschte noch immer derselbe Geruch nach feuchtem Holz und kalter Zigarettenasche. Die Metalltür vor dem Abgang zur Kellerdiskothek war mit einem Riegel verschlossen, es war, als wäre der Vergangenheit der Zutritt nach oben versperrt worden. Aus dem Spielzimmer auf der anderen Seite war leise die Melodie eines Glücksspielautomaten zu hören. Es waren kaum Gäste da, und es dauerte eine Zeit, bis sie von der jungen Kellnerin entdeckt wurde. Sie bestellte Bier. Sie fühlte sich mit einem Mal unwohl und schwer, als ob jemand hinter ihr stünde und sich mit vollem Gewicht auf sie stützte. Sie hatte Lust, eine Zigarette zu rauchen, aber die Packung war leer und sie wollte nicht nach der Kellnerin rufen, die sich irgendwo außerhalb ihres Blickfelds in der Nähe der vorderen Theke befand. Doch das Verlangen wurde stärker und stärker, und sie ging nach vorn zur Durchreiche und ließ sich eine Packung geben. Auf dem Weg zurück fielen ihr die Zeichnungen auf, die überall an den Wänden des hinteren Bereichs hingen. Es waren noch immer dieselben wie damals: Selbstportraits von Schülern der Abschlussklasse. Sie suchte sich eine Zeitung aus dem Stapel auf der Kommode und ging zurück zu ihrem Tisch. Sie setzte sich. Sie hatte keine Lust zu lesen. Sie dachte: Ich trinke das Bier aus, dann gehe ich.

Ihr Telefon läutete. Es war eine Nummer, die sie nicht gespeichert hatte, und es dauerte einige Sekunden, bis sie die Stimme als die ihres Schwagers erkannte. Er erklärte, dass er mit dem Auto unterwegs sei, die Kinder wären früher als erwartet gegangen, er habe sie zu einer Bekannten zwei Orte weiter gefahren und wolle wissen, wo sie gerade sei.

Sie stutzte: »Bei Beck.«

»Gut«, sagte er, »ich bin ganz in der Nähe«, und legte auf.

Er musste tatsächlich ganz in der Nähe gewesen sein, er hatte kaum aufgelegt, da hörte sie, wie er vorn bei der Tür hereinkam und den alten Wirt grüßte. Er musste bereits draußen gestanden sein und sie von dort angerufen haben. Er lächelte, als er zu ihr an den Tisch kam, und ließ sich ihr gegenüber auf die Sitzbank fallen.

»Ich sagte ja, dass ich in der Nähe bin.«

Er lehnte sich zurück und seufzte, als hätte er etwas Anstrengendes oder Unangenehmes hinter sich gebracht. Eine ganze Weile sagten sie nichts. Er winkte der Kellnerin und gab ihr ein Zeichen, dass er ebenfalls Bier wolle. Dann wandte er sich zu ihr und sagte:

»Du warst auf einmal verschwunden.«

»Ich weiß«, sagte sie.

»Wolltest du gehen, ohne dich zu verabschieden?«

Sie zuckte mit den Schultern. Sie zog eine Zigarette aus der Packung, der Schwager wollte auch eine. Sie fragte, seit wann er rauche. Er antwortete, indem er die Augenbrauen anhob, bevor er eilig in seine Tasche nach Streichhölzern griff, um ihr Feuer zu geben. Sie rauchten, ohne etwas zu sagen, und einen Augenblick hatte sie die Befürchtung, dass ihnen eine peinliche Sprachlosigkeit bevorstand, dass die Stille, die zwischen ihnen herrschte, sich bald unangenehm auf sie herabsenken würde und eine Spannung erzeugen könnte, die sie nicht lange aushalten würde. Sie zog an der Zigarette, stieß den Rauch in die Luft und sah zu, wie er auf dem Weg zur Decke immer flacher und breiter wurde und sich schließlich so weit in alle Richtungen ausgedehnt hatte, dass er nicht mehr zu sehen war. Die Kellnerin brachte das Bier, sie stießen an. Der Schwager erklärte, er hätte sie unbedingt sehen wollen, bevor sie zurückkam. Er sagte, dass die Kinder eigentlich abgeholt hätten werden sollen, dass es seine Idee gewesen sei, sie selbst zurückzufahren.

»Ich habe deiner Schwester sogar eine Lüge aufgetischt, um selbst fahren zu können.«

Das dämmrige Licht in der Gaststube, zusammen mit seiner geheimnisvollen Miene, verlieh dem Ganzen den Anstrich von etwas Verbotenem, so als könne es als insgeheime Rache gelten, dass sie mit dem Mann ihrer Schwester allein bei einem Bier saß.

»Ich habe ihr erzählt, dass ich für den Abend noch Bier einkaufen will und deshalb die Kinder gleich selbst abliefern würde.«

Es lag etwas Befreiendes in der Art, wie er seine Lüge präsentierte, als habe er lange auf eine Gelegenheit wie diese gewartet. Er lachte; er warf den Kopf leicht zurück und lachte. Genau wie sie, dachte sie. Und während er es tat, fiel sein Blick auf die Zeichnung an der Wand über ihrem Tisch.

»Dass du dich ausgerechnet hierhin setzt?«, sagte er.

»Nicht wahr«, sagte sie.

Er lächelte.

»Aber im Ernst«, sagte er, »ihr beide wart euch damals wirklich sehr ähnlich.«

»Du meinst, das da könnte genauso gut ich sein?«

»Ja«, sagte er, »und nein.«

»Ja und nein?«, sagte sie.

»Du hast diese Falte beim linken Auge.«

»So gut kennst du mich?«

»Na hör mal«, sagte er.

»Aber die Person auf dem Bild lacht nicht.«

»Hm?«, sagte er.

»Das ist eine Lachfalte«, sagte sie, »ich habe die Falte nur, wenn ich lache.«

»Ach ja?«

»Ja«, sagte sie.

Er blickte sie an: »Aber das weiß ich doch!«

Der alte Beck kam an ihrem Tisch vorbei und grüßte. Wenn der Alte nur nicht stehenbleibt, dachte sie. Er blieb nicht stehen. Aber sein Auftauchen genügte, um die Erinnerungen fließen zu lassen. Sie dachte: Er weiß es bis heute nicht, sie hat ihm bis heute nichts davon gesagt. Und warum schickt sie mich ausgerechnet hierher? Auch der Schwager schien von einem Schwall Vergangenheit erfasst zu werden, er fragte, ob ihr eigentlich bewusst sei, dass das Bild damals eine entscheidende Rolle gespielt habe.

»Ich weiß«, sagte sie.

»Ja, natürlich weißt du es«, sagte er, aber er erzählte trotzdem noch einmal die Geschichte, wie er sie spätnachts in der Diskothek hatte stehen sehen, aber nicht mutig genug gewesen war, sie anzusprechen, und wie es ihn ein oder zwei Wochen später durch Zufall hierher verschlagen hatte, wie er das Bild entdeckt und den Wirt nach ihr gefragt hatte. Das alles sei so schnell gegangen, eine Woche später nur und er wäre vielleicht für immer in die Stadt gezogen, weil er dort Arbeit gefunden hatte.

»Ich weiß«, sagte sie.

Er sagte: »Wenn der Wirt nicht gewusst hätte ... Aber zum Glück hat er es ja gewusst.«

»Zum Glück«, sagte sie.

»Ja, zum Glück«, sagte er.

Die Kellnerin kam an den Tisch, tauschte den Aschenbecher aus und fragte, ob sie noch Bier wollten. Sie wollten. Aus der Küche sickerte ein Geruch nach Gebratenem, und sie bekam augenblicklich Hunger. Dem Schwager schien es ebenso zu gehen, er sagte, wenn sie noch mit zu ihnen käme, dann würde er noch etwas Fleisch einkaufen und sie könnten den Grill anheizen. Sie antwortete nicht. Er sah sie an, wartete. Dann sagte er:

»Es ist so schade, dass du nie bleiben willst.«

Sie fragte: »Warum hast du mich sehen wollen?«

»Was?«, fragte er.

»Du hast gesagt, du wolltest mich sehen. Warum?«

Er machte eine Pause, bevor er sagte: »Sie hat deinen Autoschlüssel genommen.«

Sie schaute ihn an, fragend, und er erklärte: »Sie hat es mir gesagt, nachdem du gegangen bist. Sie hat gesagt: ›Zumindest muss sie jetzt zurückkommen und mir in die Augen sehen, bevor sie verschwindet.‹ Sie hat gesagt, sie hat ihn aus deiner Jacke genommen.«

»Woher weiß sie, wo ich meine Schlüssel habe?«

»Ich vermute mal, weil sie selbst ihn auch dort verstaut.«

»Ich könnte ihn genauso gut in der Handtasche haben.«

»Hast du?«, fragte er.

»Nein«, sagte sie.

Der Schwager lächelte. Sie kramte in ihrer Jackentasche nach den Schlüsseln; sie waren nicht da.

»Also seid ihr euch doch ähnlicher, als du zugeben willst.«

»Wer sagt, dass ich es nicht zugeben will«, sagte sie.

»Nein, ich meine ja nur«, sagte er.

»Was?«, sagte sie, »was meinst du?«

»Aber deswegen brauchst du dich doch nicht aufzuregen«, sagte er und machte Anstalten, seine Hand auf ihren Unterarm zu legen. Sie überlegte, ob sie es zulassen sollte. Sie ließ es nicht zu. Da konnte sie sich nicht länger beherrschen und rief:

»Du bist es doch, der die ganze Zeit davon redet, wie ähnlich wir uns sind, so als wolltest du dich selbst trösten, falls du die falsche Schwester erwischt haben solltest.«

»Ich habe nicht die falsche erwischt!«

»Nein, natürlich nicht«, sagte sie.

Der Schwager entgegnete nichts. Er griff nach ihrem Bier und trank es aus, sie griff nach seinem Bier und trank es aus.

»Hoppla, jetzt haben wir die Gläser vertauscht«, sagte er.

Eine Pause entstand, in der beide zu überlegen schienen, ob sie die Gläser zurücktauschen sollten. Sie taten es; sie schob sein Glas vor ihn hin, er zögerte, dann schob auch er ihr Glas vor sie hin.

»Du bist gekommen, um mir zu sagen, dass sie meine Autoschlüssel genommen hat«, sagte sie. »Ist sonst noch was?«

Er stutzte: »Was hast du auf einmal?«

»Nichts«, sagte sie. »Ich meine nur, dass ich früher oder später selbst dahinter gekommen wäre.«

»Ja, natürlich wärst du das«, sagte er. »Aber ich wollte, dass du es vorher erfährst.«

»Warum?«, fragte sie.

»Weil es nicht richtig ist. Weil ich finde, dass es nicht ihre Entscheidung ist, ob du zurückkommst.«

»Das ist alles?«

»Was ist alles?«

»Dass du es nicht richtig findest«, sagte sie. »Wenn es bloß darum ginge, hättest du es ihr nur zu sagen brauchen. Ihr, die ja deiner Meinung nach falsch gehandelt hat. Doch stattdessen kommst du zu mir.«

Er wusste nicht, was er antworten sollte. Er fühlte sich in die Ecke gedrängt. Dann sagte er:

»Du hast recht, ich hätte es ihr sagen können. Aber wie es scheint, wollte ich zuerst mit dir reden.«

»Wie es scheint?«, sagte sie.

»Du siehst ja, dass ich hier bin!«, rief er.

Wieder griff er nach ihrem Glas, aber es war leer, und es wirkte, als ob er nicht wüsste, wohin mit seinen Gliedmaßen, er rückte unruhig auf seinem Stuhl umher und bewegte fortwährend die Arme. Eine Zeit lang sagten sie nichts mehr. Dann meinte der Schwager, es sei vielleicht besser, er würde gehen. Sie fragte, ob er sie nicht mitnehmen wolle, da er doch mit dem Auto da sei. Er zögerte. Sie fragte, ob es ihm lieber wäre, wenn sie getrennt zum Haus zurückkämen. Er antwortete, wenn es ihr nichts ausmache, wäre es ihm lieber, sie würde zu Fuß gehen. Sie nickte. Er winkte der Kellnerin und bezahlte. Dann gingen sie, er zum Auto, das vor dem Eingang parkte, sie nahm denselben Weg, den sie gekommen war. Es sah nach Regen aus, weiter hinten am Himmel sammelten sich die Wolken in Haufen. Sie ging langsam. In ihrem Kopf summte die Melodie des Glückspielautomaten; sie ertappte sich dabei, dass sie unbewusst den Takt mit den Füßen und Fingern nachahmte.

Als sie beim Haus ankam, wurde sie von der Schwester und dem Schwager an der Tür empfangen. Es wirkte, als hätten sie auf sie gewartet: Der Schwager hatte noch immer Schuhe an und sah aus, als wäre er gerade gekommen oder im Begriff zu gehen. Sie kam ohne Umschweife zur Sache.

»Ich muss meine Autoschlüssel vergessen haben.«

»Du kannst dir die Mühe sparen, ich weiß es«, sagte die Schwester.

»Aha, krieg ich die Schlüssel?«

»Nein«, sagte die Schwester.

Sie sagte: »Gib mir die Schlüssel.«

»Erst trinkst du noch ein Glas Wein mit uns.«

»So gib ihr doch die Scheiß-Schlüssel!«, rief der Schwager.

Sie bekam sie. Sie drehte sich um und ging, und während sie ging, dachte sie: Das war das letzte Mal. Das war das letzte Mal, dass ich hier war.

Leider, leider

Ich erwachte kurz nach halb zwei Uhr nachts, es war ein Freitag vergangenen Sommer, die Hitze war unerträglich, und anstatt krampfhaft zu versuchen weiterzuschlafen, wie ich es wohl in jeder anderen Nacht getan hätte, stand ich auf und ging ins Badezimmer, um mir mit einem nassen Handtuch den Oberkörper abzureiben. Ich trocknete mich nicht ab, und nachdem ich mir unten im Erdgeschoss ein Glas Wasser eingeschenkt hatte, ging ich hinaus auf die Terrasse. Ich machte kein Licht an; in letzter Zeit waren immer wieder Wespen und andere Insekten aufgetaucht, die spätabends um die Außenleuchten herumschwirrten. Ich bemühte mich, so leise wie möglich zu sein, indem ich den Stuhl langsam unter dem Tisch hervorhob und das Glas im Zeitlupentempo auf die Marmorplatte stellte, in den Häusern rundum waren gewiss alle Fenster geöffnet und es herrschte nicht die geringste Bewegung in der Luft.

Ich hatte nicht vorgehabt, lange sitzenzubleiben, meine Gedanken lagen gewissermaßen flach, mir ging rein gar nichts durch den Kopf, das eine intensivere Beschäftigung wert gewesen wäre, ich hatte mich selten so ausgehöhlt, beinahe entkörperlicht gefühlt – es war kein unliebsames Gefühl, im Gegenteil, es hatte etwas Befreiendes, und ich hatte mich gerade selbst dazu überredet, doch ein Weilchen länger draußen zu bleiben und die große Ruhe in mich einsickern zu lassen, als im Garten rechts neben mir ein kleines Licht anging.

Ich hielt es für eine bewegungsabhängige Leuchte irgendwo in der Nähe der Terrassentür des Nachbarhauses. Doch als ich genauer hinsah, bemerkte ich, dass dort drüben jemand war, und nicht lange danach hörte ich eine leise Frauenstimme. »Entschuldigung, falls ich Sie erschreckt habe«, sagte die Stimme. Sie kam mir nicht bekannt vor. Ich stand auf und ging ein paar Schritte zum Zaun. Ich sah eine Frau im Bademantel, sie winkte mir zu. Ich winkte zurück. Es war einigermaßen überraschend, dort drüben jemanden zu entdecken, die alte Dame, die bis vor kurzem das Haus bewohnt hatte, war vor knapp einer Woche gestorben. Wir wechselten einige Worte über den Zaun hinweg, hauptsächlich über die Hitzewelle, die bereits mehr als zehn Tage andauerte. Ich erinnere mich, dass ich sie fragte, ob ihr nicht heiß sei unter dem Bademantel, zumal es kein Seidenkimono oder etwas Ähnliches war, wie es mir ein erster Blick vorgetäuscht hatte, sondern er sah äußerst dick und warm aus, und er war weiß, strahlend weiß – es musste das Weiß gewesen sein, das mich auf sie aufmerksam hatte werden lassen. Sie stand ebenfalls auf und trat ein paar Schritte an den Gitterzaun heran. Als ich mich anschickte, sie zu fragen, wer sie sei, fragte sie im Gegenzug, ob ich Lust hätte, einen Schluck Wein mit ihr zu trinken. Noch ehe ich reagieren konnte, eilte sie ins Haus und kehrte mit einem Glas zurück. Sie ließ ein schwaches Licht in der Küche brennen, deshalb konnte ich sehen, dass drüben auf ihrem Tisch eine Flasche und ein halbvolles Glas standen. Wenig später saßen wir einander gegenüber, ich hatte meinen Stuhl halb ins Gemüsebeet gestellt, ihrer stand auf dem schmalen Kiesstreifen, der am Zaun entlang über die ganze Länge des Grundstücks verläuft. Sie hatte mir eingeschenkt und das Glas über den Zaun gereicht, die Szene hatte etwas Komisches an sich, es wäre ein Leichtes gewesen, aufzustehen und hinüberzugehen, sie zu mir oder ich zu ihr, aber da wir uns ja nicht kannten, war das Ganze wohl weniger komisch, als es mir heute erscheint, da ich damals freilich nicht wissen konnte, was sich ergeben würde, ich musste davon ausgehen, dass nichts sich ergeben würde, und das hat es schließlich auch nicht, also war es vielleicht, oder auch nicht … Ich fragte sie, ob sie die neue Nachbarin sei. Sie antwortete, dass wisse sie selbst nicht genau. Sie zündete sich eine Zigarette an. Ich fragte, ob ich auch eine kriegen könnte. Sie reichte mir eine und sagte, sie habe einen ganzen Haufen davon gefunden, in einer Kommode im Haus. Sie schob das Feuerzeug durch den Zaun. In dem schwachen Lichtschein, der aus dem Haus herausdrang, sah ich die Pflanzen rund um die Steinfliesen der Terrasse, das Kräuter- und das Gemüsebeet, Rosmarin und Thymian, Tomaten und Paprika, alles bereits verkümmert, alles ließ gleichsam die Köpfe hängen. Sie musste gemerkt haben, wohin ich geblickt hatte, sie machte eine Bemerkung über das Gemüse, wie nett sie es finde, wenn die eigenen Erzeugnisse auf dem Esstisch landen. Ich stimmte ihr zu, ich hatte selbst ein ansehnliches Beet mit Zucchini, Gurken und hellen und dunklen Auberginen, besonders die Zucchini waren in diesem Jahr außerordentlich gut gewachsen. Von ihrer Seite war es jedoch nicht zu sehen, da mein Gemüse sich im hinteren Teil des Grundstücks befand, versteckt hinter einer langen Reihe Thujen, weshalb sie bald fragte, ob ich ebenfalls Essbares angebaut hätte. Ich bejahte und sie fuhr fort:

»Das ist schön, was haben Sie denn?«, und nachdem ich es ihr aufgezählt hatte, sagte sie voller Eifer: »Stellen Sie sich vor, man könnte einen kleinen Tauschhandel betreiben. Wenn Sie zum Beispiel zu viel von Ihren Zucchini hätten, und ich hätte mehr als genug Paprika, dann könnten Sie mir geben, was ich brauche, und ich gebe Ihnen, was Sie brauchen.«

Sie war sichtlich begeistert, fast euphorisch angesichts dieser Vorstellung, und es kostete mich einige Überwindung zu fragen:

»Müssten Sie dazu nicht erst hier wohnen?«

»Doch, natürlich«, antwortete sie. »Aber es wäre eine tolle Idee, finden Sie nicht? Und obendrein praktisch, und kostengünstig. Und wenn Sie mit Ihrem anderen Nachbarn dasselbe tun und ich mit meinem, dann hätte man immer frisches Gemüse und bräuchte so gut wie nie welches kaufen.«

Dazu wollte ich nichts sagen; es schien mir unangebracht, ihr die Freude an dieser Fantasie zu nehmen. Denn nichts anderes war es: eine Fantasie. Irgendetwas in meinem Gesicht musste sie auf den Gedanken gebracht haben, dass die Wirklichkeit anders aussah, als sie es sich ausmalte, dass ein Leben mit Haus und Garten aus sich selbst heraus nichts garantiert, erst recht nicht eine rege, auf Uneigennützigkeit basierende Nachbarschaft, ich bemerkte einen Anflug von Traurigkeit in ihren Augen, als habe sie es schon immer geahnt, aber nicht glauben wollen. Danach schwiegen wir eine Weile, ich nippte an meinem Glas, obwohl ich erst einen großen Schluck daraus genommen hatte, sie nippte gleichfalls an ihrem Glas, es sah aus, als ob sie daran kaute, und ich hatte die Befürchtung, dass keinem mehr etwas zu sagen einfiele und das Gespräch ins Stocken geriete, das wäre unangenehm gewesen, jedenfalls wäre es mir unangenehm gewesen, nachdem sie nun schon ein Glas für mich gebracht hatte, und weil ich keine Lust hatte hineinzugehen und sie mir obendrein äußerst sympathisch war, versuchte ich, mir in kurzer Zeit so viele Gesprächsthemen und -einstiege wie möglich auszudenken, die als eine Art Auslöser dienen könnten. Da fragte sie unvermittelt:

»Wie ist es eigentlich, hier zu leben? Ich meine, kann man hier glücklich werden?«

Ich hielt das für eine höchst ungewöhnliche Frage und ließ mir gut Zeit, bevor ich antwortete, dass sie hier genauso glücklich werden könne wie anderswo. Oder genauso unglücklich.

»War sie es?«, fragte sie.

»Sie meinen –?«

»Die Frau, die gestorben ist.«

Ich sagte: »Ich weiß nicht.«

»Nein, natürlich können Sie es nicht wissen«, sagte sie. »Aber was glauben Sie?«

Ich sagte: »Ich glaube, sie war nicht besonders glücklich.«

»Das fürchte ich auch«, sagte sie deprimiert. »Ich hatte so ein Gefühl, als ich ins Haus kam, ein Gefühl, das nicht sehr erfreulich war. Dabei hatte sie es so schön hier. Diese Ruhe, man hört fast nichts außer den Vögeln und Fröschen, hin und wieder ein Moped, das hinten auf der Hauptstraße vorbeifährt. Und es gibt sogar einen Schwimmteich.«

An dieser Stelle hätte ich erneut sagen können, was ich schon einmal hatte sagen wollen, dass ein Leben mit Haus und Garten aus sich selbst heraus nichts garantiert, aber ich begnügte mich damit zu sagen:

»Vielleicht war sie es, und wir täuschen uns bloß.«

»Haben Sie sie gut gekannt?«, fragte sie daraufhin.

Ich fand, dass das nicht so leicht zu beantworten war. Ich hatte sie nicht besonders gut gekannt, allerdings war sie auch keine Fremde für mich gewesen, deshalb erklärte ich, dass ich nicht viel über sie erzählen könne und dass das, was ich erzählen könne, nicht mehr sei als eine Meinung, meinetwegen eine Vermutung, die womöglich wenig mit der Wirklichkeit zu tun habe.

»Aber sie war Ihre Nachbarin!«, entgegnete sie mit unverkennbarer Enttäuschung in der Stimme, und einen Augenblick überkam mich tatsächlich ein schlechtes Gewissen, weil ich sie nicht besser gekannt hatte. Ich wusste nicht, oder genauer: ich hatte keine Vorstellung davon, worüber sie enttäuscht war – was hatte das Leben der alten Dame mit ihrem zu tun? –, aber sie schien mit dem Wort viel zu verbinden, und ich war drauf und dran, sie zu fragen, ob sie das öfter mache, ob das vielleicht eine Angewohnheit von ihr sei, sich in Häuser zu setzen, die zum Verkauf stehen, und die Menschen rundum zu fragen, ob sie glücklich seien. Ich tat es nicht, weil ich plötzlich über etwas ins Grübeln geriet, das mir gleich im nächsten Moment einfiel: Stand das Haus denn überhaupt zum Verkauf? Es war noch nicht lange her, seit die Besitzerin verstorben war, und so schnell, dachte ich, werden die Dinge im Normalfall nicht geregelt, jedenfalls glaubte ich das, und dass die Angehörigen zuerst das Recht hätten, über das Haus und die Besitztümer zu verfügen. War sie eine Angehörige? Eine Tochter, von der die Alte nie erzählt hatte? Und wenn nicht, wie war sie ins Haus gelangt? Sie konnte wohl schlecht im Bademantel über die Mauer geklettert und ins Haus eingedrungen sein.

Oder konnte sie? War sie eine Verrückte? Einige Augenblicke verweilte ich bei diesen Gedanken und fragte mich, was ich davon halten sollte, was für Auswirkungen es für mich hätte, wenn ich die Antworten auf diese Fragen kannte. Ich kam zu dem Ergebnis, dass es keine hätte, und beschloss, solche Dinge nicht darüber entscheiden zu lassen, ob ich sie mochte oder nicht. Denn ich mochte sie.

»Wie ist sie gestorben?«, fragte sie.

Ich antwortete: »Darüber weiß ich nicht viel. Ich habe aus dem Fenster gesehen, das war vor einigen Tagen, da stand ein Krankenwagen vor dem Haustor.«

»Das heißt, sie ist zu Hause gestorben?«

Ich antwortete: »Nicht unbedingt. Sie könnte genauso gut auf dem Weg ins Krankenhaus oder erst dort gestorben sein.«

Sie nickte, fast enttäuscht über die unentschiedene Antwort, ich hatte den Eindruck, als ich sie so sitzen sah, dass sie sich vorzustellen versuchte, wie die ganze Situation abgelaufen war. Ich konnte die Szenen und Bilder in ihrem Kopf förmlich sehen, es musste ziemlich drunter und drüber gehen dort drinnen. Dementsprechend fragte sie kurz darauf, ob ich glaubte, dass sie friedlich gestorben war.

»Ich meine, hat sie selbst den Krankenwagen gerufen? Wenn ja, muss sie wohl oder übel Schmerzen gehabt haben. Vielleicht hat sie gewusst, dass es zu Ende geht, oder sie ist gestürzt, alte Menschen stürzen so leicht, die Treppe hinunter, und sie hatte gerade noch Kraft genug, die Telefonnummer zu wählen.« Sie fuhr sich mit der Hand über die Stirn, bevor sie sagte, mehr zu sich selbst: »Aber es könnte natürlich ganz anders gewesen sein. Vielleicht kann man in Schmerzen sterben und trotzdem glücklich sein.«

Aus irgendeinem Grund schien der Gedanke sie zu beruhigen. Sie lehnte sich zurück und schlug die Beine übereinander, lange, glatte Beine, wie mir sogleich auffiel, als ich sie in dem Spalt zwischen den zwei Hälften des Bademantels erblickte. Nach einer längeren Pause fragte sie:

»Aber sie war allein, oder?«

»Ja, sie war allein. Seit ich sie kannte, war sie allein.«

Sie nickte wieder und trank einen Schluck. Ich nahm ebenfalls einen Schluck. Ich fühlte die Schwere in mir eintauchen, die feuchte Hitze zusammen mit der Fülle des Weins, es war ein wohltuendes Gefühl des Niedergedrücktwerdens, aber es hatte nichts mit Müdigkeit zu tun; ich war nicht müde. Sie hatte die Zigarette nahe an ihr Gesicht herangeführt und pustete darauf, und einen Moment lang konnte ich sie etwas deutlicher sehen. Ich überlegte, ob ich dasselbe tun, mich ebenfalls ein wenig beleuchten sollte, damit auch sie mich sähe, damit wir beide uns einen Augenblick besser sähen. Aber da lag ihr Gesicht bereits wieder im Dunkeln.

»Ist die alte Dame oft hier gesessen?«

»Um diese Uhrzeit?«

»Meinetwegen auch um diese Zeit. Sehen Sie nicht, wie herrlich es ist, der Garten in dem schwachen Lichtschein, die Pflanzen vor dem Hintergrund der hellen Wand. Ich würde oft hier draußen sitzen, bis tief in die Nacht.«

Ich hielt das für eine leicht verklärte Vorstellung der Dinge, ich selbst mochte das, was sie eben beschrieben hatte, auch sehr gern, ohne deshalb jede Nacht draußen zu sitzen, und so wie ich die Sache einschätzte, hatte die alte Dame es auch nicht oft getan, und das sagte ich ihr. Ich meine, ich sagte es ihr, obwohl ich es nicht wissen konnte; ich vermutete es, und genau das sagte ich ihr, dass ich es vermutete, es hätte nicht gut zu ihr gepasst.

»Sie meinen, weil sie eine mürrische alte Frau war?«

»Das habe ich nicht gesagt.«

»Aber gedacht haben Sie's.«

Dazu wollte ich nichts sagen. Worüber ich allerdings ins Nachdenken geriet, war die Tatsache, dass sie das Schicksal der Alten in irgendeiner Weise mit sich selbst in Verbindung brachte, diesen Eindruck hatte ich, ich weiß nicht, woher ich ihn hatte, aber ich hatte ihn, ich merkte es nicht zuletzt daran, dass es ihr gelang, mir bei mehr als einer Gelegenheit ein schlechtes Gewissen unterzujubeln, zum Beispiel bei der Frage, ob ich sie für eine mürrische alte Frau gehalten habe, worauf ich rundheraus mit Ja hätte antworten können, aber das tat ich nicht. Warum tat ich es nicht? Weil man über die Toten nicht schlecht reden soll? Nein, die Toten hören uns nicht. Weil ich das Gefühl hatte, sie persönlich zu kränken? Woher kam das Gefühl? Ich weiß nicht. Ich wusste es damals nicht, und ich weiß es heute nicht, das ist der Grund, einer der Gründe, weshalb mir die Begegnung als eine der besonderen in Erinnerung geblieben ist und ich mich dazu entschlossen habe, sie aufzuschreiben, heute, exakt an dem Tag, da der Tod der Alten sich zum zehnten Mal jährt, andernfalls hätte ich das Datum ihres Ablebens wohl kaum behalten, das muss ich zugeben.

Sie sagte: »Aber sie hätte es tun sollen«.

»Was?«, fragte ich.

»Öfter hier draußen sitzen. Glauben Sie, sie bereut es, dass sie es nicht getan hat?«

Ich blickte sie an. Es war offenbar eine Eigenheit von ihr, Fragen zu stellen, auf die es keine Antworten gibt, und ich machte ihr die Freude und antwortete, auf die einzig mögliche Weise, wie ich fand, indem ich sagte, dass ich, wenn ich die Frage mit Ja beantwortete, zwangsläufig an ein ewiges Leben glauben müsste, oder an Geister oder an eine Seele.

»Glauben Sie nicht an eine Seele?«, fragte sie.

Ich antwortete rasch, dass ich es nicht täte, erst recht nicht an eine denkende. Ich fügte hinzu:

»Zumindest wäre das meine Hoffnung. Stellen Sie sich vor, man würde alles sehen, was man getan und nicht getan hat, das wäre nicht wenig zynisch, meiner Meinung nach.«

»Aber vielleicht könnte man dann alles, was man falsch gemacht hat, richtig machen, im nächsten Leben.«

»Aha, im nächsten Leben«, sagte ich. »Und wer entscheidet, was richtig und was falsch war? Der große Richter?«

»Jetzt machen Sie sich über mich lustig«, sagte sie.

Ich bat sie um Verzeihung, ich hätte nicht die Absicht gehabt, sie zu kränken, ich hätte nicht wissen können –

Sie unterbrach mich und sagte: »Das haben Sie nicht. Außerdem muss ich nicht notwendigerweise daran glauben, bloß weil ich mir Gedanken darüber mache.«

Ich sagte: »Nein, natürlich nicht.«

»Oder ich könnte an eine andere Form glauben, an eine, die mir in den Kram passt. Es gibt ja haufenweise Vorstellungen, wie die Seele konstruiert sein könnte.«

»Konstruiert?«, fragte ich.

»Na ja, wie sie beschaffen sein könnte«, sagte sie, und nachdem sie sich kurz erhoben hatte, um ihren Bademantel zurechtzurichten, sagte sie etwas, dass mich sehr für sie einnahm, noch mehr, als ich es ohnehin schon war, sie sagte:

»Mal angenommen, Sie könnten es sich aussuchen, hätten Sie dann lieber eine Seele oder hätten Sie lieber keine?«

Sie war eine erstaunliche Frau, wirklich eine erstaunliche Frau, sie hatte meine uneingeschränkte Zuneigung. Eine Sekunde erwog ich, meine Antwort so ausfallen zu lassen, wie ich glaubte, dass sie ihr gefallen würde. Aber ich hatte keine Ahnung, welche Antwort ihr gefallen würde, also sagte ich:

»Ich glaube, ich hätte lieber keine. Und Sie?«

»Ich weiß nicht«, sagte sie. »Ich habe mir früher schon den Kopf darüber zerbrochen, aber ich weiß nicht.« Sie seufzte, dann fragte sie unversehens: »Möchten Sie noch Wein?«, während sie schon den Arm nach der Flasche ausstreckte. Ich antwortete, dass ich lieber nicht zu viel davon trinken sollte, ich trinke nicht oft Rotwein, und wenn ich es tue, bekomme ich hinterher Kopfschmerzen.

»Ein kleines Schlückchen noch«, sagte sie.

»Ja, ein kleines Schlückchen«, sagte ich, weil ich das Gefühl hatte, dass ein Nein als Antwort sie enttäuschen würde, und ich mir obendrein etwas davon versprach. Was versprach ich mir? Ich hatte noch immer nicht erfahren, wer sie war, was sie hier machte und was sie vorhatte, falls sie etwas vorhatte. Ich hielt ihr das Glas hin, und sie führte den Flaschenhals durch den Zaun und schenkte mir ein. Ich beschloss, sie danach zu fragen, ich meine, sie zu fragen, wer sie sei und ob sie beabsichtigte, das Haus zu kaufen, oder auch zu mieten, es ist eine neue Mode, Häuser zu mieten, womöglich war sie mit einem Angehörigen der Alten bekannt geworden und hatte auf diesem Weg von dem leerstehenden Haus erfahren, immerhin hätte ich auf diese Weise vielleicht herausbekommen können, ob ich sie von nun an öfter sehen würde, ob ihre Pläne, was den Gemüsetauschhandel betraf, realistisch waren. Da lächelte sie plötzlich. Ich fragte, worüber sie lächle.

»Ach, es ist nichts«, sagte sie.

Ich sagte: »Nein, jetzt müssen Sie es mir aber verraten.«

Sie schüttelte den Kopf.

Ich sagte: »Bitte, ich würde so gern mit Ihnen lachen.«

»Aber es ist doch gar nicht zum Lachen«, sagte sie.

»Lächeln«, sagte ich, »ich meinte lächeln.«

Sie zog den Flaschenhals wieder auf ihre Seite und schenkte für sich selbst ein wenig mehr ein; es gluckerte laut, lauter als bei mir.

»Es ist schön, hier mit Ihnen zu sitzen«, sagte sie.

»Das war es, was Sie gedacht haben?«, fragte ich.

Sie nickte. Ich glaubte ihr nicht. Was ich in ihrem Gesicht gesehen hatte, wollte nicht recht zu der Äußerung passen, ebenso wenig die Art und Weise, wie sie sie vorgebracht hatte, ich meine nicht den Inhalt, ich glaubte ihr, dass sie es schön fand, hier mit mir zu sitzen, ich fand es ebenfalls schön, mit ihr hier zu sitzen, aber ich glaubte ihr nicht, dass es das war, was sie gedacht hatte. Ich habe gesagt, dass ich es in ihrem Gesicht gelesen hatte, aber wo im Gesicht? Und warum sollte man darüber nicht lächeln, ich fand, dass das durchaus etwas war, worüber man lächeln konnte, und obgleich ich große Lust hatte, sie zu fragen, was sie wirklich gedacht habe, hielt ich mich zurück, und wir verbrachten die nächsten Minuten wortlos. Ich weiß nicht, wie viele es waren, fünf oder sechs oder sieben, und es waren die längsten Minuten, an die ich mich erinnern kann, womit nicht gesagt sein soll, dass sie unangenehm waren, denn das waren sie nicht, es war nicht diese Art von Minuten, von denen man sich wünscht, sie mögen schnellstmöglich vorbeigehen. Wir schauten einander abwechselnd an und nicht an. Wenn ich zu ihr hinsah, schwenkte sie das Weinglas oder zupfte an ihrem Frotteemantel oder betrachtete ihre langen Finger, und wenn sie zu mir her sah, griff ich meinerseits nach dem Glas oder lehnte mich im Stuhl zurück oder blickte in den Himmel. Aber es war nicht Verlegenheit, oder vielleicht war es Verlegenheit – die von der guten Sorte.

Ich fühlte, wie ich langsam müde wurde; es lag bestimmt zu einem guten Teil am Wein. Auch sie hatte ihr Glas geleert, und ich machte ein Zeichen, dass ich bald hineingehen würde. Ich erinnere mich nicht, was für ein Zeichen es war, aber sie verstand es. Sie erhob sich, ich erhob mich ebenfalls. Wir verabschiedeten uns. Hätte ich gewusst, dass es eine einmalige Begegnung war, hätte ich mir gewiss mehr Zeit gelassen, ihr das Zeichen zu geben, doch das konnte ich naturgemäß nicht ahnen, deshalb gab ich es ihr. Ich habe gelesen, ich weiß nicht mehr, wo, dass man eine erste Begegnung, eine Begegnung, von der man wünscht, es möge keine einmalige sein, nicht allzu sehr in die Länge ziehen soll, dass man sich selbst interessanter und sogar begehrenswerter macht, wenn man es nicht tut, das heißt, dass man es seinem Gegenüber nicht zu leicht machen soll, sondern das Gegenüber soll sich anstrengen und bemühen und so fort, ich halte das heute für einen haltlosen Unsinn, aber damals, so mutmaße ich, klammerte ich mich geradezu daran, warum sonst hätte ich diese kleine Geselligkeit frühzeitig unterbrechen sollen, denn ich war keineswegs so müde oder ausgelaugt, dass ich nicht etwas länger durchgehalten hätte, und auch sie hätte wohl nichts dagegen einzuwenden gehabt, noch länger sitzen zu bleiben. Aber so war es nicht, sondern ich stand auf, worauf sie, wie gesagt, ebenfalls aufstand und sagte:

»Ich danke Ihnen, es war eine schöne Nacht.«

Ich bedankte mich ebenfalls, auch für den Wein. Dann ging ich hinein. Es war eine seltsame Begegnung, eine der seltsamsten, die ich erlebt habe, und eine der schönsten, und es kommt nicht selten vor, dass ich mir vorstelle, wie ich in eines der leeren Zimmer im Obergeschoss gehe und mich an die Bettkante setze, nicht ein Mal, mehrmals, immer wieder, so stelle ich mir vor, gehe ich abends ins Obergeschoss und setze mich an die Bettkante und sage: »Ja, so hat es sich zugetragen, das war die Nacht, in der ich eure Mutter kennengelernt habe.« Aber leider, leider kann ich das nicht sagen, weil es nicht wahr ist.

Schattentheater

Er fuhr den Wagen in die Einfahrt zur Garage, es war zwei Uhr Nachmittag an einem Sonntag im Frühsommer. Neben ihm auf dem Beifahrersitz saß seine Frau, der Sohn hinter ihm auf der Rückbank, er drückte den Knopf auf der Fernbedienung und schaute zu, wie das Tor sich langsam unter die Garagendecke aufrollte. Er war erschöpft, er war erst gegen drei Uhr in der Nacht von dem Polterabend seines ältesten Freundes nach Hause gekommen, obwohl er gewusst hatte, dass er am Morgen früh aufstehen musste, um zusammen mit seiner Frau zu einem Fußballspiel seines Sohnes zu fahren, das schon zeitig am Vormittag stattfand. Er wartete, bis nur mehr die untere Gummileiste des Tors von außen zu sehen war, dann lenkte er den Wagen hinein. Keiner sagte etwas. Noch ehe das Auto ganz zum Stillstand kam und er den Motor abgestellt hatte, stieß der Junge die Hintertür auf, warf sie mit einem Knall hinter sich zu und stürmte durch den kurzen Gang hinter der schweren Metalltür, der die Garage mit dem Haus verband. Er stellte den Motor ab. Er sagte, so schlecht und lustlos wie heute habe er den Jungen lang nicht mehr spielen sehen. Er sagte es nicht vorwurfsvoll oder abschätzig, auch nicht aus Überzeugung, sondern weil er der Meinung war, irgendetwas müsse gesagt werden. Die Frau entgegnete nichts. Sie hatte den Kopf zum Fenster gewandt und zeigte keinerlei Anzeichen, dass sie aussteigen wollte.

Er fragte: »Willst du nicht aussteigen?«

Sie reagierte nicht. Er zog den Schlüssel ab. Er dachte: Ich weiß, was sie jetzt sagen wird. Und als sie es sagte, antwortete er seinerseits, indem er nicht reagierte. Er stieg aus und warf die Tür zu. Dann stieg sie ebenfalls aus. Er ging noch nicht ins Haus. Wenn sie etwas zu sagen hat, dachte er, soll sie es hier sagen. Er wollte nicht, dass sie den Ärger mit ins Haus nahm, sie hatten genug Ärger gehabt, fand er. Er wartete neben der Tür. Sie blieb auf ihrer Seite des Wagens vor der geöffneten Beifahrertür. Er dachte: Warum schließt sie die Tür nicht? Bestimmt wartet sie, bis ihr etwas zu sagen einfällt, damit sie, wenn sie es schließlich tut, etwas hat, das sie zur Untermalung ihres Ärgers zuschmettern kann. Da sagte sie: »Aber weil es doch wahr ist!« – und warf die Tür zu. Ihm fiel nichts anderes ein, als den Kopf zu schütteln. Sie fragte, ob ihm nicht mehr dazu einfalle, ob das alles sei, was er dazu zu vermelden habe, dass er seinem Sohn das Fußballspiel zerstört habe. Er wurde wütend. Er sagte, es sei genauso sehr ihre Schuld, der Junge hätte nicht einmal gemerkt, dass er gestern Abend lang aus gewesen sei, wenn sie nicht …

»Was?«, rief sie, »wenn ich was nicht?«

»Wenn du nicht den ganzen Vormittag diese Stimmung verbreitet hättest.«

»Diese Stimmung?«, sagte sie.

Er wandte sich zur Tür, machte Anstalten, ins Haus zu gehen, ging aber nicht. Er dachte: Jetzt tut sie, als ob nichts gewesen wäre, als ob sie selbst nichts dazu beigetragen hätte. Er trat mit der Schuhspitze gegen den Vorderreifen. Er fand es unglaublich, dass sie sich von jeder Mitschuld zu befreien versuchte. Als wäre alles auf meinem Mist gewachsen, dachte er. Als hätten das Schweigen, das Starren, das tonlose Essen am Frühstückstisch nie stattgefunden. Und wahrscheinlich denkt sie sogar wirklich, dass ich es war, der sie indirekt dazu genötigt hat, im Schlafzimmer einen Streit vom Zaun zu brechen, nachdem sie versucht hat, mich zu wecken, dass sie gar keine andere Wahl gehabt hat, als laut zu werden, obwohl ich leicht von selbst aufgewacht wäre. Und natürlich hat der Junge alles gehört, es war das erste, was er gehört hat, bevor er überhaupt aus seinem Zimmer gekommen ist, bevor er überhaupt richtig aufgewacht ist, und ihre Laune, die danach auf alle anderen Familienmitglieder übergesprungen ist, hatte nichts zu tun mit meinem Fortbleiben in der Nacht, sondern ganz allein damit, dass sie sich nicht zurückhalten konnte, mir Vorhaltungen zu machen. Er war drauf und dran, noch einmal gegen den Vorderreifen zu treten. Stattdessen wartete er, dass sie etwas sagte. Sie sagte nichts. Also tat er es. Er sagte, falls sie glaube, er werde sich dafür entschuldigen, dass sein Freund ausgerechnet an diesem Abend seinen Junggesellenabschied gefeiert habe, dann täusche sie sich, das werde nicht passieren.

»Aber du hast es versprochen«, sagte sie. »Du hast versprochen, dass du nicht zu lange bleibst, dass du nicht zu viel trinkst, damit du am Morgen zeitgerecht aus dem Bett kommst.«

»Versprochen, versprochen«, sagte er.

Sie blickte ihn an. Er sah, wie ihr in dieser Sekunde bewusst wurde, dass er nie beabsichtigt hatte, das Versprechen zu halten. Er sah es, und einen Augenblick tat es ihm leid. Sie hat recht, es war nicht richtig von mir, dachte er. Aber im nächsten Moment tat es ihm nicht mehr leid. Er war der Ansicht, dass sie ihn in gewisser Weise zu dieser Lüge gedrängt hatte, dass es keinen anderen Ausweg gegeben hatte, als es ihr zu versprechen. Ein Abend wie dieser fand womöglich nur einmal statt in einem Leben, während der Sohn fast jedes Wochenende ein Fußballspiel hatte, sie hatte dieses Argument nicht akzeptieren wollen und ihm in einem fort ins Gewissen geredet, es gehe nicht um irgendwen, sondern um sein eigenes Kind, und da hatte er keine andere Möglichkeit gesehen, als ihr etwas zu versprechen, von dem er wusste, dass er es nicht halten würde. Er konnte den Ärger in ihrem Gesicht sehen. Er wollte etwas sagen, das sie beruhigte. Er fand, dass es an der Zeit war, dass sie alle in ihre Normalform zurückfanden. Genau das wollte er ihr sagen, doch da war sie bereits durch die Tür ins Haus verschwunden. Er ließ einige Sekunden vergehen, fuhr das Garagentor herunter und ging ebenfalls hinein.

Als er in die Küche kam, stand der Sohn vor dem geöffneten Kühlschrank und sortierte Wurst und Käse und einige Scheiben Brot auf ein Tablett. Seine Frau war gerade aus der Garderobe gekommen und verfolgte jeden seiner Handgriffe, sie stand gut vier Meter hinter ihm beim Küchentisch, regungslos, um sich nicht durch ein Geräusch zu verraten. Es wirkte, als ob sie noch immer die Hoffnung hegte, wenn sie das Ganze aus der Entfernung beobachtete und ihn nur nicht bedrängte, dass es vielleicht doch noch zu einem gemeinsamen Essen käme. Er stand hinter ihr im Vorzimmer. Sie hatte ihn nicht kommen sehen oder hören, oder sie hatte es, ohne es ihm zu zeigen. Er wartete, was passieren würde. Er beobachtete, wie sie den Sohn beobachtete. Und er beobachtete den Sohn, der gewiss wusste, dass sie ihn beobachtete. Er dachte: Er weiß, dass sie hinter ihm steht und zusieht, er weiß es genau. Und was er auch weiß: dass sie fast den ganzen gestrigen Abend damit verbracht hat, das Mittagessen für heute vorzubereiten, sodass sie, wenn wir nach dem Spiel nach Hause kommen, nicht erst ein Essen zubereiten muss, er war den ganzen Abend zu Hause gewesen und musste es gesehen haben. Und spätestens jetzt, als er die Sachen aus dem Kühlschrank räumte, müssen ihm die Töpfe und Salatschüsseln aufgefallen sein. Als er fertig war, nahm er das Tablett und ging damit zur Treppe. Er sagte nichts, er ging einfach. Die Mutter folgte ihm ein paar Schritte.

Sie fragte: »Willst du nicht lieber mit uns essen?«

Er antwortete nicht, ging weiter die Treppe hinauf.

»Du könntest doch trotzdem unten bei uns bleiben. Du musst auch den Braten nicht essen, wenn du nicht willst.«

Er antwortete nicht, bog um den Treppenabsatz.

Sie rief ihm nach: »Soll ich ihn für den Abend aufheben?«

»Wie du willst«, sagte er, dann krachte die Tür zu.

Sie drehte sich um und ging zurück zur Küche. Erst da bemerkte sie ihn. Sie blickte ihn an, wartete. Sie sagte nichts, er sagte nichts. Dann bog er um die Ecke in die Garderobe, zog die Schuhe aus und hängte das Sakko auf den Haken, das er mitgenommen hatte – die Tribünen der Sportanlagen befanden sich nicht selten im Schatten, und vormittags war die Sonne noch nicht kräftig genug, als dass sie auch den Beton der Sitzreihen unter der Überdachung aufheizte und man bequem in kurzen Ärmeln sitzen konnte. Er blieb länger als nötig in der Garderobe. Er rechtfertigte es vor sich selbst, indem er Jacken und Mäntel ordnete, die seiner Meinung nach höchst unregelmäßig auf den Haken verteilt hingen. Als er in die Küche kam, hatte sie ihrerseits ein Tablett mit Wurst und Käse und Brot auf dem Tisch platziert. Er setzte sich. Sie stand beim Wasserkocher vor der Arbeitsfläche und richtete eine Kanne Tee. Sie fragte, ob er auch Tee wolle. Er wollte. Sie holte eine zweite Tasse aus dem Schrank und brachte den Tee an den Tisch. Sie setzte sich. Sie sprachen so gut wie nicht. Durch die geschlossene Tür aus dem Obergeschoss drang Musik, hin und wieder das Geräusch eines Gummiballs, der gegen Wand und Fußboden schlug. Nach einer ganzen Weile sagte sie, dass es ohnehin klüger sei, wenn der Junge den Braten erst am Abend esse, da er sich oft nach einem Spiel am Nachmittag für eine Stunde oder anderthalb ins Bett lege, um zu rasten, da sei es sowieso besser, wenn er nicht eine so üppige Mahlzeit im Bauch hätte. Er nickte. Er dachte: Das nenne ich mal Rationalisierung. Dann aßen sie. Er griff nach der Fernbedienung auf der Ablage der Sitzecke und schaltete das Radio ein. Als sie fertig waren, sagte er, er werde für eine Weile nach hinten in den Garten verschwinden und sich in den Liegestuhl setzen. Er fügte hinzu, vielleicht könne er ein wenig Schlaf nachholen.

»Bist du so müde?«, fragte sie.

Er nickte und dachte: Gleich kommt was, gleich muss sie was loswerden. Sie wurde nichts los. Aber nachdem er aufgestanden und in den Lagerraum gegangen war, um eine Flasche Wein zu holen, hörte er aus der Küche Teller und Besteck mit einer unnatürlichen Lautstärke in den Geschirrspüler fallen, die Laden ratterten auf ihren Schienen, dass die einsortierten Gläser umkippten, er konnte es deutlich hören. Also hatte sie doch etwas loswerden müssen. Doch das alles kümmerte ihn nicht länger. Er ging zurück in die Küche, nahm ein Weinglas aus dem Schrank und marschierte hinaus, um einen Liegestuhl zu holen. Die Sonne strahlte aus einem Himmel ohne Wolken, aber der Platz, an den er sich setzte, unter das Dach des gemauerten Schuppens, befand sich fast zur Gänze im Schatten. Er stellte den Liegestuhl so, dass er zum Haus zeigte. Nicht weil er unbedingt dorthin sehen wollte, sondern weil die Sonne an dieser Stelle frühestens in einer Stunde sein Gesicht erreichen würde und er außerdem eine Hand frei hatte, um ohne Anstrengung das Glas auf der abgeflachten Stelle der Schildkrötenfigur neben dem Kräutergärtchen zu erreichen. Er griff danach und trank einen Schluck, nachdem er, was er sonst nie tat, zuvor daran geschnüffelt und es lange und gründlich geschwenkt hatte. Der ganze bisherige Tag, so schien es, lag hinter ihm. Er war sorglos, wunschlos. Er saß in seinen Liegestuhl versunken und fühlte sich wie ein Fürst. Als er nach draußen gegangen war, hatte seine Frau gerade die Gießkanne für die Zimmerpflanzen zur Hand genommen, um ihre Orchideen auf dem Fensterbrett zu wässern. Das war nun bereits einige Minuten her. Er wusste nicht, wo sie war, was sie tat, was sie für die nächsten Stunden geplant hatte, und mit einem Mal, er hatte keine Erklärung dafür, schlug ein unerwartet starkes Zufriedenheitsgefühl in ihm ein: Er wusste es nicht. Der Gedanke hatte etwas Befreiendes, und er ging sogar noch weiter, er dachte: Es ist mir egal. Vor ihm lag der Garten, der kleine Pavillon mit Sitzbank und rundem Tischchen, die lange Ligusterhecke, deren Blätter sacht in den kaum spürbaren Luftströmungen raschelten. Aus dem Nachbargarten drang das rieselnde, gleichmäßige Geräusch einer Bewässerungsanlage, und aus allen Richtungen tönte das Quaken der Frösche. Er stellte das Weinglas ab und lehnte den Kopf zurück.

Ein kurzer Knall ließ ihn sich wieder aufrichten. Einen

Moment war es vollkommen still. Dann entdeckte er den Schatten des Sohnes an der Wand seines Zimmers, danach einen zweiten Schatten, den seiner Frau. Er sah erhobene Arme, und kurz darauf konnte er ihre Stimmen hören. Es wirkte, als ob sie stritten. Er konnte nichts hören. Nur einmal kam es ihm vor, als könne er ein Wort verstehen, das ihm so recht zu der Szene zu passen schien: Fußabdrücke. Er seufzte und schüttelte den Kopf, er dachte: Jetzt lässt sie ihre Wut an ihm aus. Die Schatten an der Wand waren deutlich zu sehen. Er dachte: Ihr fällt nichts anderes ein, als in sein Zimmer zu gehen und ihm Vorhaltungen zu machen. Er konnte die schwarzgrauen Flecken von Hausschuhen an der Wand unter dem Schreibtisch vor sich sehen. Er wusste, dass sie ihn mehrmals deswegen ermahnt hatte, immer wieder versuchte sie, ihm zu verbieten, mit schmutzigen Hausschuhen nach drinnen zu gehen, es wäre nicht das erste Mal, dass sie sich aus diesem Grund in die Haare kriegten. Er war gespannt, wie es weitergehen würde, es war wie ein kleiner Film, der vor seinen Augen abrollte, mit ihm als einzigem Zuschauer. Bald darauf verstummten die Stimmen, und es war nur mehr ein Schatten. Er lauschte auf das Rascheln der Tropfen aus der Bewässerungsanlage, die auf die Blätter der Ligusterhecke trafen, es war wie eine versteckte Melodie, die ihn beruhigte. Kurz darauf schlief er ein. Er merkte nicht, dass er einschlief, es traf ihn wie eine Ohrfeige.

Als er aufwachte, stand ein glasklares Bild vor seinen Augen. Er fuhr aus dem Stuhl hoch. Er hatte keinerlei Gefühl, wie lange er eingenickt war. Nur anhand des Schattens, der noch nicht bis zu seinem Gesicht gelangt war, konnte er festmachen, dass es nicht lange gewesen sein konnte. Aber war der Schatten denn überhaupt merklich gewandert? Wieviel Zeit war vergangen? Und hatte er eigentlich geschlafen? Er wusste es nicht. Eine Mischung aus Müdigkeit und Mattigkeit, zusammen mit den Anstrengungen der vergangenen Nacht, machten es ihm unmöglich, klar und vernünftig zu denken. Das Bild, das ihn quälte, war so deutlich, dass er außerstande war zu entscheiden, ob es der Wirklichkeit entsprang, ob das, was er vor seinen Augen gesehen hatte, tatsächlich stattgefunden hatte oder ob der kleine Film, den er vorhin verfolgt hatte, in seinen Schlaf gedrungen war und sich zu einer grausamen Gewaltszene zusammengefügt hatte.

Er rannte ins Haus. Fast stolperte er, so schnell und ungestüm lief er. Er fand den Sohn im Wohnzimmer auf dem Sofa vor dem Fernseher. Seine Frau war nicht zu sehen, auch nicht zu hören.

»Wo ist deine Mutter?«, rief er.

Der Junge antwortete nicht, zuckte nicht einmal mit den Schultern, wie es seine Art war.

»Wo ist deine Mutter?«, rief er noch einmal.

Er wartete keine Antwort ab, eilte zur Treppe. Schon am Weg ins Obergeschoss konnte er aus dem Gästezimmer, aus der kleinen Bibliothek, die sie kürzlich dort eingerichtet hatten, ihre Schritte hören. Aber er hörte sie nicht mit voller Aufmerksamkeit, mit vollem Bewusstsein, denn als er die Tür öffnete, um nachzusehen, ob alles war, wie es sein sollte, stand er nicht im Gästezimmer, sondern zwei Räume weiter im Zimmer des Sohnes.

Alles war, wie es sein sollte. Das Zimmer war leer. Kein Blut war zu sehen, keine Anzeichen eines Kampfes. Seine Frau musste ihn gehört haben, seine lauten Laufschritte, sie kam aus dem Gästezimmer, um nach ihm zu sehen. Kurz darauf kam auch der Sohn aus dem Wohnzimmer zu ihm nach oben. Sie stellten sich vor ihn und sahen ihn an. Er setzte sich auf das ungemachte Bett. Sie wollten wissen, was mit ihm sei. Er wusste nicht, was er antworten sollte. Er konnte es ihnen nicht sagen. Er dachte: Sie wollen wissen, was mit mir ist, und ich kann es ihnen nicht sagen. Was er gesehen hatte, war zugleich absurd und schrecklich, und er beschloss, es für sich zu behalten. Wie könnte ich ihnen erklären, dass ich von einem Mord geträumt habe, dachte er. In ihm war ein Durcheinander aus Angst, Verwirrung und schlechtem Gewissen, und er konnte nicht länger sitzen bleiben. Er stand auf, ohne etwas zu sagen, und ging hinunter und hinaus in den Garten. Er spürte ihre Blicke in seinem Rücken. Er ging bis zur Mitte des Gartens, dort hielt er an, denn mit einem Mal schoss ihm ein Gedanke in den Kopf, der ihn irritierte: dass es nicht ausgeschlossen war. Dass er es nicht für unmöglich hielt, dass es tatsächlich passierte. Und plötzlich schien ihm der Anblick des schönen Gartens, der eingezäunten Idylle wie eine Zumutung. Es war wie eine Verhöhnung, und er wusste nichts anderes zu tun, als sie mit Gewalt zu bekämpfen. Es war keine Entscheidung aus einer Gefühlsregung, sondern ein Entschluss aus reiner Logik: Es war das einzige Mittel, die einzige Lösung. Sorgfältig und ruhig zerstörte er die Pflanzen, die er selbst erst vor kurzem eingesetzt hatte, die Tomaten und Paprika, das Beet mit Kohlrabi, Karotten und Radieschen, die kleinen Reihen und Rabatten verwüstete er mit Fußtritten, der Rechen, der noch vom vorigen Herbst an der Brunnenmauer lehnte, diente ihm als Schlagstock gegen den Liguster, bis er sich mit den Zinken verfing und nicht mehr herauszuoperieren war. Als es zu Ende war, musste er den Oberkörper senken und die Arme auf die Knie stützen, um zu Atem zu kommen. Er wusste, dass sie ihn beobachteten, dass sie drinnen im Haus hinter den Fenstern des Kinderzimmers standen und ihm zusahen. Er drehte sich nicht um. Ich werde nichts sagen, dachte er. Ich werde zurück ins Haus gehen, aber ich werde nichts sagen.

Das ist alles, mehr kommt nicht

Lieber Freund!

Es genügt, durch ein kleines Fenster einen Blick hinauszuwerfen in die Welt: ein Komposthaufen. All die Verwesenden und Verwesten, die vergangenen, gegenwärtigen und zukünftigen Toten, Erde zu Erde, das ist ein gutes Bild, meiner Meinung nach.

Ich sitze im fünften Stock des Krankenhauses mit guter Sicht auf den Friedhof unseres kleinen Heimatstädtchens. Die Perspektive drängt einem den Vergleich buchstäblich auf. Ich habe sogar mein altes Fernglas reparieren lassen, um besser sehen zu können. Es gibt ein hübsches freies Plätzchen zwischen dem Grab meines Urgroßvaters und einer Art ausuferndem Mausoleum, das gewiss einen zutiefst widerwärtigen Landesrat oder anderen Wichtigtuer beherbergt. Es ist ein schattiger Winkel, die Vormittagssonne wird von einer hohen Kastanie geschluckt, und am Nachmittag wirft das benachbarte Grabmal weiche, dunkle Konturen auf das Fleckchen Erde meiner Wahl. Das scheint mir kein Nachteil zu sein. Ich habe mein ganzes Leben gewissermaßen auf der Schattenseite verbracht, weshalb sollte ich ausgerechnet die Freuden des Nichtdaseins in der prallen Sonne genießen?

Ich habe mit der Krankenschwester darüber gesprochen.

Das heißt, ich habe versucht, mir bei der Schwester, bei einer von ihnen, Gehör zu verschaffen. »Alles wird gut«, pflegen sie zu sagen, aber sie wollen nichts wissen von meinem Grabhügel und meinem Schatten. Ich rufe ihnen nach: »Selbstverständlich wird alles gut! Das ist es, worauf ich hinaus will!« Sie begreifen es nicht. Um sie zu bestrafen, stelle ich mir vor, wie sie unten drunter aussehen. Doch das Vergnügen ist selten von Dauer. Ich habe die Nase voll von aufreibenden Fantasien, von Brüsten, Mösen, Beinen und Hintern, sie widern mich an. Das ist schnell gesagt, immer wieder melden sich verführerische Hoffnungsschimmer am sinnlosen Horizont. So zum Beispiel die Briefträgerin, die einmal täglich ihre Runde hier dreht. Es ist keine sehr große Runde. Ich traf sie unten im Foyer, um genau zu sein, zum ersten Mal vor zwei Tagen. Ich habe herausgefunden, dass sie stets um dieselbe Zeit vor dem Haupttor eintrifft, um zehn Uhr dreißig, mit einem Spielraum von fünf bis sieben Minuten, mit ihrem Moped, das man, hat sich sein Geräusch einmal im Ohr festgesetzt, bis in das zweite, wenn nicht dritte Stockwerk hinauf hören kann. Ich lauerte ihr auf. Kann man das sagen, auflauern, da ich nichts Böses im Sinn hatte? Ich erwartete sie am großen Eingang, ein wenig abseits, um nicht in ihre Schusslinie zu geraten, ich habe beobachtet, dass sie leicht aufbrausend wird, das gefiel mir. Sieh an, sie hat Temperament, sagte ich zu mir und merkte, wie es in meinem Innern zu tanzen, fast hätte ich gesagt, zu frohlocken begann. Im Übrigen hat die Sache sich bereits wieder erledigt, sofern eine Sache, die nie eine war, sich erledigen kann. Aber für mich war es eine, wenn auch eine kleine. »Verzeihung, bitte«, sagte ich, während ich ein Stück neben ihr her rollte, was nicht leicht war, sie ist gut bei Fuß, und der Rollstuhl, den man mir unter den Arsch gepflanzt hat, ist nicht der beste. Sie sagte: »Ja?« Und hier kommen Sie ins Spiel, mein lieber K. In einsamen Nachtstunden, als ich nicht schlafen konnte, weil meine Beine schmerzten, hatte ich mir so manches zurechtgelegt, womit ich sie einzufangen gedachte, Wörter, Sätze, ganze Texte sogar, die das Eis brechen sollten (was für ein Eis?). Doch als ich sie nun sah, fasste ein neuer Plan Fuß in meinem Kopf und ich fragte sie, ob ihr ein alter Mann namens K. bekannt sei – hier beschrieb ich ihr die Lage Ihrer Wohnung, wie sie mir aus Ihrer Darstellung in Erinnerung war, und da ich nun einmal keine Telefonnummer von Ihnen habe, schoss es mir in den Sinn, Ihnen zu schreiben, und ich empfand eine spontane, beinahe überschwängliche Freude bei dem Gedanken, den Bleistift über das Papier zu schieben.

»Ich weiß, wen Sie meinen«, äußerte sie emphatisch, dass man hätte glauben mögen, Ihr Name hätte sie ans Herz gerührt. Doch falls Sie nun an einen positiven Ausgang der Geschichte glauben, muss ich Sie enttäuschen, sie fuhr im selben Atemzug fort: »Was wollen Sie von dem Griesgram?« »Griesgram?«, sagte ich, weil mich das starke Bedürfnis bedrängte, Partei für Sie zu ergreifen, Sie sind sozusagen mein einziger realer Freund, und erwiderte, wer so viel Zeit auf der Erde zugebracht habe wie Sie, dem gebühre es wohl, sich hin und wieder zu ereifern. Das sagte ich tatsächlich, ereifern, ein kleines beredtes Vöglein muss es mir gezwitschert haben. Beredt, noch so ein Wort. Aber ihr gefielen meine Wörter nicht. »Na hören Sie mal«, sagte sie, »wussten Sie, dass der Alte von seinem Fenster im ersten Stock spielende Kinder mit Pfirsich- und Zwetschkenkernen bewirft?« »Ach, echt?«, sagte ich. Sie sah mir streng in die Augen, irgendetwas darin musste den jähen Verdacht in ihr ausgelöst haben, dass ich nicht vorhatte, mich auf die Seite der Kinder zu schlagen, es ist nicht unwahrscheinlich, dass die Bälger es verdient hatten. Das sage ich zu Ihnen, aber ihr sagte ich das nicht. »Dass sie es verdient haben?«, brach es aus ihr hervor. Ich hatte es also doch gesagt. Ich hätte es nicht sagen sollen. »Dass sie es verdient haben?«, wiederholte sie, als hätte sie es an den Ohren, als ginge es um die Ausgeburt ihres eigenen Fleisches. »Haben Sie das gerade gesagt?« »Sie kommen vom Thema ab«, sagte ich. »Von was für einem Thema?«, sagte sie. »Die Adresse«, sagte ich, »die Adresse.« Sie tat, als hörte sie mich nicht. Meine Chancen, mich interessant zu machen, wurden mit jedem Wort geringer, aber noch schwelte ein Funken Hoffnung in mir, dass sie mir meine Bekanntschaft mit Ihnen nicht als Beleidigung der allgemeinen Moral anrechnete. »Hätte ich's mir doch denken können, so wie Sie aussehen«, murmelte sie. »Wie ich aussehe?« »Na, Sie wissen wohl selbst, wie Sie aussehen«, sagte sie. Selbstverständlich wusste ich es, dafür gibt es Spiegel, und Schaufenster. »Aber Sie müssen zugeben, es gibt Hässlichere«, sagte ich. »Es gibt immer Hässlichere«, sagte sie. Ich fand, dass das nicht nett gesagt war. »Und was wollen Sie überhaupt mit dem Fernglas?«, fuhr sie unbeirrt fort, ich musste unbewusst, vermutlich vor Aufregung, damit gespielt haben, als ich an mir hinunterblickte, stellte ich fest, dass die Schlaufe sich wild um meine Finger gewickelt hatte. Es kostete mich Mühe, mich daraus zu entwirren, und sie nutzte die Gelegenheit, um sich zu entfernen. Ich eilte ihr hinterher. Ich rief: »Bekomme ich nun seine Adresse oder behalten Sie Ihr Wissen für sich?« Sie nannte sie mir, unwillig. Ich vergaß die Hausnummer bereits auf dem Weg zum Aufzug, fünfundvierzig oder fünfundfünfzig, es spielte keine Rolle, es lag ohnehin in ihrem Revier, und der Name K. war ihr bestens bekannt. »Und hören Sie auf, mich mit dem Ding zu beobachten. Ich mag es nicht, wenn man mir nachspioniert.«

Das waren ihre letzten Worte, bevor sie ihren Packen auf den Tisch knallte und ihrer Wege ging. Auch sie war übrigens von hinten besser anzuschauen als von vorne, das war einer der Gründe, weshalb sie mir vielversprechend erschien, und auf ihre berechtigte Frage, was ich mit dem Fernglas anstellte, hätte ich wahrheitsgemäß antworten können, dass ich es dazu benutzt hatte, ihre Finger ins Auge zu fassen, insbesondere den Ringfinger. Aber was nützt es schließlich, sich vorzubereiten, wenn ein einziges Wort, das in den falschen Hals gerät, alle Bemühungen im Ansatz erstickt. Ich werde also allein bleiben, es ist vielleicht besser. Ich werde Ihnen die Vorteile nennen, wenn sie mir einfallen.

Um aber auf den erfreulichen Aspekt dieses Aufeinandertreffens zu kommen: Ich kenne jetzt Ihre Adresse und kann Ihnen schreiben, ich habe das Schreiben immer gemocht, das Lesen weniger, und ich vermisse bereits unsere gemeinsamen Stunden im Park oder bei den Müllcontainern oder am Friedhof, besonders die am Friedhof, und es wäre mir eine Freude, falls Ihre maroden Beine es zulassen, Sie hier zu empfangen. Die Schwestern und Pfleger sind nett und zuvorkommend, zumindest geben sie sich Mühe, nett und zuvorkommend zu erscheinen, das heißt einige, einige wenige, etwas, das man von den Ärzten nicht behaupten kann, sie halten sich für äußerst klug und verständig, vor allem die Glattrasierten. Es gibt auch einen reizenden Auslauf, eine Gartenanlage mit Springbrunnen, um den herum die Rollstühle, Infusionsstangen und bestrumpften Arme und Beine sich tummeln, bei Schönwetter. Es fehlt einem an nichts. Dort sitze ich nachmittags mit meiner Zigarette oder Zigarre und blinzle durchs Fernglas, man hat einen grandiosen Ausblick von hier oben, an klaren Tagen kann ich bis hinunter zum Hauptplatz sehen, das Gewimmel dort bietet stets einen erbaulichen Anblick, es findet sich immer etwas, das zu beobachten sich lohnt, erst gestern zum Beispiel, oder vielleicht war es vorgestern, sah ich zwei Autos, die auf der Kreuzung vor dem Rathaus kollidierten, es war ein heilloses Durcheinander, das mich bestimmt eine Stunde, wenn nicht länger beschäftigte, ich war hinterher so aufgewühlt, dass ich mich ins Bett legen musste. Und wenn ich die Nase voll habe von den Lebenden, brauche ich mich bloß auf die andere Seite zu trollen, wo die ewige Ruhe des Friedhofs sich durch die Vergrößerungslinsen in meine Glieder hineinschleicht, sofern nicht gerade jemand eingebuddelt wird. Doch auch daran kann man ja seine Freude haben, wenn man das möchte, sowie man sich mit der Tatsache abgefunden hat, dass es ein anderer ist, der die gefütterte Holzkiste bewohnen wird.

Aber ich bin nicht soweit. Das Schicksal hat sich Mühe gegeben, mich zu ereilen, ist aber wie immer gescheitert. Es war vielleicht ein Zeichen. Die Verlassenheit greift um sich, die Schatten werden immer größer, die Einsamkeit wächst wie ein Geschwür, das ist die Wahrheit. Doch es gibt Momente, da ich zu mir selbst sage: Nicht aufgeben, du bist nicht der einzige, auch andere sind davon befallen, es gilt bloß, sie zu finden, um ein bisschen weniger befallen, ein bisschen weniger verlassen zu sein. Im Übrigen grüße ich Sie herzlich und hoffe, es geht Ihnen gut. Nicht gut, sondern besser. Als wir uns das letzte Mal sahen, klagten Sie über Schmerzen, ich weiß nicht wo, an welcher Stelle des Körpers, aber Sie kamen nur schlecht voran, es war im Park, glaube ich, und es fing an zu regnen, es müssen inzwischen mehr als zwei Monate vergangen sein. Kommen Sie, wenn Sie die Zeit finden, aber zumindest schreiben Sie mir, um mir meine Tage zu verkürzen, sie werden länger, je länger ich hier bin, womit nicht gesagt sein soll, dass ich mich unwohl fühle. Das tue ich nicht. Im Gegenteil, sieht man von den Schmerzen ab, die mich zuweilen plagen, schubartig, so muss ich sagen, dass ich aufs Ganze gesehen recht froh bin. Nicht glücklich, aber zufrieden, zumindest nicht weniger zufrieden als anderswo. Und noch zufriedener werde ich sein, wenn ich von Ihnen Antwort erhalten habe und weiß, dass Sie noch da sind. Falls Sie noch da sind. Bis dahin alles Beste, W.

Lieber Freund!

Nun bin ich schon eine Weile hier und werde es noch bleiben. Die Schmerzen werden allmählich schwächer, es ist hauptsächlich das Bein, das mir zu schaffen macht, Schulter und Nacken nicht mehr so sehr, außer wenn ich liege. Also liege ich wenig. Das ist wahr, denn ich habe mir angewöhnt, tagsüber zu schlafen, leicht zurückgelehnt im Rollstuhl in einem Winkel im Park oder einem der langen Gänge zwischen den Stationen, sodass ich, wenn alles andere schläft, meine Briefe schreiben kann und den wilden Träumen meines Bettnachbarn entgehe (ich habe nichts gegen ihn, bei vollem Bewusstsein ist er der freundlichste Mensch, aber des Nachts reitet ihn der Teufel). Das eine oder andere Mal wurde ich aus dem Schlummer gerissen, weil man mich für tot hielt, der letzte Vorfall liegt nicht lange zurück, es muss vor zwei Tagen gewesen sein, als ich auf der dritten Etage in der Nähe des hinteren Ausgangs in einer schmalen Nische mit Polstersessel und künstlichem Bäumchen schlief. Es ist ein guter Platz, bestimmt einer der besten, es herrscht dort nicht der übliche Aufruhr wie vor den Ambulanzen, dann und wann kommt eine Schwester oder andere Bedienstete vom Angestelltenparkplatz herein, aber selten, sehr selten. Obendrein ist die Nische nur schwach beleuchtet, und das Wenige, das sich als Helligkeit ausgibt, wird ausnahmslos von den undurchdringlichen Plastikblättern des Bäumchens verzehrt – es ist sozusagen ein Geheimtipp. Aber nichtsdestoweniger, man entdeckte mich, es kann als ein kleineres Wunder gelten. Oh ja, und wie man mich entdeckte. Eine Stimme fuhr mir ins Gesicht, eine vertraute Stimme. Sie schrie: »Aufwachen!« Ich meine mich zu erinnern, dass noch eine zweite Stimme da war, so muss es gewesen sein, denn nach einer Weile sagte die erste, mit Erleichterung, wie ich mir einbildete, zu der andern: »Er ist doch nicht tot«, sofern wir davon ausgehen wollen, dass sie nicht zu sich selbst sprach. Doch als ich erwachte, weil es nicht anders ging, war es nur eine.

Ach, wenn ich nur immer von einer solchen Stimme geweckt würde! Sie gehörte der Kellnerin des Klinik-Cafés. Hätte ich früher gewusst, dass dies ihr üblicher Weg ist, ich hätte mich längst in meine Ecke verkrochen und den toten Mann gegeben, um mich von ihr ins Leben zurückholen zu lassen. Es war Viertel vor sieben, ich sah es an der Wanduhr gegenüber, als ich die Augen aufsperrte, sie war gerade vom Parkplatz gekommen und nahm den Weg zum Café, als sie meinen mutmaßlichen Leichnam unter der künstlichen Krone des Bäumchens entdeckte. Es musste ein rührender Anblick gewesen sein, so kurz er auch währte, ich hätte vieles darum gegeben, für eine Sekunde in ihre Augäpfel zu wandern und mich als Schein-Entseelten friedlich kauern zu sehen, sabbernd, mit offenem Maul (vermutlich hatte sie mich nicht gesehen, sondern sich über den Geruch gewundert, der aus meinem übersäuerten Magen in die desinfizierte Sauberkeit des Hauses hinausdrang). Immerhin brachte sie es nicht über sich, an mir vorbeizugehen, und sie erkannte mich sogleich wieder, ich bildete mir ein, es an ihrer Stimme zu bemerken, sie bekam einen säuselnden Einschlag und, einen Augenblick, sogar einen Anflug ernstlicher Besorgnis, wie es meistens ist, wenn jemand stirbt, mit dem man bis vor kurzem regelmäßig zu tun hatte, denn das hatte sie und hat es noch immer, täglich stellt sie meine zwei bis drei Gläschen vor mich auf den Tisch, vier, wenn es ein guter Tag ist.

»Er ist doch nicht tot«, sagte sie also, und je angestrengter ich mein Gedächtnis bemühe, desto sicherer bin ich, dass doch niemand bei ihr war. Sie legte mir ihre Hand auf die Schulter. Legte sie mir ihre Hand auf die Schulter? »Was für ein Glück«, äußerte sie, nachdem ich mich endlich geregt hatte, »ich dachte, Sie wären …« Ich wartete, aber es kam nichts. Ich wollte gern nachhelfen, indem ich sagte: »Es wird nicht wirklich, bloß weil Sie es aussprechen.« Sie lächelte. Sie wollte es doch lieber nicht aussprechen. Ich beförderte mich ein Stück aus der Nische heraus, um sie besser sehen zu können. In meinem Schoß lag ein bekritzeltes Blatt Papier, das ihr alsbald auffiel. »Was machen Sie hier?«, fragte sie. »Ich schlafe.« Es war nicht die ganze Wahrheit, ich war fast die ganze Nacht über einem Brief gesessen, der mir recht schlecht von der Hand ging. Sie werden lachen, mein lieber K., wenn ich Ihnen verrate, dass ausgerechnet sie, die jetzt neben mir stand, Gegenstand jenes Briefes war, dessen Niederschrift sich mir verweigerte. Die ganze Nacht, jedenfalls große Teile der Nacht, hatte ich damit verbracht, mir Begriffe für sie einfallen zu lassen, sonnige, blumige Begriffe, aber es ging nicht. Doch nun, da ich hier sitze und sie beobachte (denn das tue ich, eben in diesem Augenblick, ich sitze an meinem gewohnten Tisch und schreibe Ihnen diese Zeilen), fällt es mir leichter. Nicht leicht, aber leichter. Natürlich wollte sie erfahren, wieso ich nicht artig in meinem Bettchen schlief wie die anderen Patienten. Ich befürchtete, sie würde mich für affektiert halten, wenn ich das Jammern und Winseln meines Bettnachbarn erwähnte, aber nein, sie sagte: »Ich verstehe Sie gut. Mein erster Mann hatte oft schlechte Träume, er schrie und schlug mit den Armen und Beinen um sich, ich kam fast jeden Morgen todmüde zur Arbeit.« Ich war unterdessen aus meinem Versteck weit genug hervorgekrochen, dass mir keine Einzelheit von ihr entging. Ihre Beine, nein … Und ihr Haar. Nein. Ich werde mich hüten, sie zu beschreiben, es wäre eine maßlose Verschwendung wertvoller Wörter, die sie doch nicht zu fassen kriegen. Sie fragte, ob ich beabsichtigte, noch länger in meinem Unterschlupf zu verweilen, oder ob sie jemanden rufen solle. »Jemanden rufen?«, sagte ich. »Eine Schwester zum Beispiel«, antwortete sie, worauf ich erwiderte, ohne zu zögern, dass ich keine Schwester bräuchte, ich bräuchte nur sie, sie allein, das wisse sie genau. »Sie meinen, Sie möchten, dass ich Sie zu mir ins Café fahre?«, fragte sie betreten. Ich sagte: »Wenn es Ihnen nichts ausmacht.«

Selbstverständlich war es nicht das, was ich gemeint hatte, aber sie griff ohne Umschweife nach den Handgriffen und fuhr los. Sie hatte es nicht eilig, das rechnete ich ihr hoch an, andere in ihrer Lage wären darauf bedacht gewesen, mich schnellstmöglich ans Ziel zu schaffen. Ich weiß nicht, was sie von mir dachte, ich mit dem Fernglas um den Hals und dem missglückten Brief im Schoß, sie äußerte sich nicht in dieser Hinsicht. Auch das gefiel mir an ihr, sie behielt ihre Meinung für sich. Sie hatte eine beruhigende Art zu schieben, nicht zu schnell, nicht zu eilig, und irgendwann, ich weiß nicht wie, kam ich auf ihren Beruf zu sprechen, ich fragte sie, ob es ihr nichts ausmache, inmitten all der Kranken und Versehrten zu arbeiten. Sie antwortete sofort, das tue es nicht. Im Gegenteil, sie habe auch schon an anderen Orten gearbeitet, aber nirgendwo seien die Gäste so genügsam, denn wenn jemand grob und unangenehm würde, seien es die Angehörigen, die Nicht-Kranken. Sie fügte hinzu: »Ich werde immer aufs Neue daran erinnert, dass das Leben ein Geschenk ist.« »Nun ja, ein Geschenk«, entgegnete ich, »so weit muss man wiederum nicht gehen.« Sie sagte: »Doch, das ist es«, wobei ich spürte, wie der Rollstuhl von einem Ruck erfasst wurde. »Einigen wir uns darauf, dass es ein Wunder ist«, sagte ich versöhnlich. »Ein Wunder, meinetwegen«, sagte sie, »wenn es Ihnen lieber ist.« Sie war kompromissbereit, man könnte es auch gelangweilt nennen. Aber ich geriet sozusagen immer mehr in eine Art Aufwallung, ich sagte: »Dass der Körper nicht einfach aufgibt, das ist das Wunder. Er kämpft immer weiter. Ich meine, weil es ja auch ganz anders sein könnte. Man könnte beispielsweise bei der kleinsten Unregelmäßigkeit umfallen und liegenbleiben, das wäre eine andere mögliche Lösung, es wäre sogar die einfachste Lösung.« Ich dachte, sie würde sich durch diesen Gedanken vielleicht verängstigt oder verunsichert fühlen. Doch keineswegs, sie stimmte ein: »Dasselbe habe ich mir auch oft vorgestellt, immerhin würde es manches erleichtern.« »Es gäbe weniger Leid in der Welt«, sagte ich, »ich meine Leid, das durch Krankheit verursacht wird. Und man bräuchte weniger Ärzte.« »Weniger Ärzte, mehr Straßenkehrer«, sagte sie. »Du meine Güte, Straßenkehrer!«, rief ich aus, weil ich nicht glauben konnte, dass sie dies tatsächlich gesagt hatte, sie war mit einer gehörigen Portion Humor ausgestattet.

Noch einiges anderes hatten wir einander zu erzählen, es war die kürzeste und zugleich die längste Spazierfahrt, die ich erlebt habe. Schließlich kamen wir an. Mir wurde das Herz weich, als sie aufschloss und das Licht anmachte und ich sah, wie all die Tische und Stühle von der langsam aufflackernden Helligkeit sanft aus ihrer nächtlichen Ruhe geweckt wurden. Ja, auch sie brauchen Erholung, um sich von all dem Schmerz und Leid zu regenerieren, die am Tag über sie ausgestreut werden, und Dummheit, gewiss auch viel Dummheit, auf dass sie in der Lage sind, einen weiteren Tag voller Schmerz und Leid und Dummheit zu ertragen. Denn darum dreht es sich doch, letzten Endes, nicht wahr, es zu ertragen, so lange es geht, ohne dabei zugrunde zu gehen, bis man zugrunde geht.

»Da wären wir«, sagte sie, nachdem sie mich an meinen Platz gefahren und mich behutsam unter die Tischplatte geparkt hatte. Ich sagte: »Danke, das war eine schöne Fahrt.« »Aber ich bitte Sie, dafür brauchen Sie mir nicht zu danken.« Ich tat es trotzdem noch einmal, und nach einer bedeutungsschweren Pause fragte ich, ob sie sich an die Vorstellung gewöhnen könne, dass ich sie von nun an öfter um diese Zeit abholte. Sie erwiderte schnell, das könne sie nicht, selbst wenn sie es wolle. »Es ist mir nicht erlaubt, außerhalb der Öffnungszeiten Gäste mitzubringen«, erklärte sie, und, mein verehrter Freund, das kann man glauben oder nicht. Nun, einen hellen Moment gab es immerhin, denn nachdem sie gegangen war, um sich umzuziehen, schlief ich im selben Augenblick ein und begann unversehens, von ihr zu träumen. Es war nicht das erste Mal, ich hatte schon früher die eine oder andere Episode im Geiste mit ihr erlebt, es war intensiv, das will ich Ihnen gern zuraunen, und geschlechtlich, äußerst geschlechtlich, sie fuhrwerkte schonungslos in meinem Schritt. Auch diesmal war es nicht anders, es musste sich um eine hartnäckige Fantasie handeln – man kommt den Brüsten und Vulven nicht aus, sie sind allgegenwärtig, von überallher zwinkern sie einem entgegen, bald wird man vor zu viel Bäumen den Wald nicht mehr sehen. Doch es war alles andere als ein Traum, denn als ich die Augen öffnete, musste ich feststellen, dass sie gut die Hälfte des Weins verschüttet hatte und sich nach Kräften bemühte, die rote Flüssigkeit von meinem Geisterumhang zu entfernen, mithilfe eines Lappens, den sie wild hin und her rieb, man hätte es, wenn man es nicht besser wüsste, für eine Intimszene halten können. Ich sagte ihr, sie solle das lassen, was würden die Leute denken. »Die Leute?«, sagte sie, indem sie sich erschrocken umwandte. »Was denn für … Na, da haben Sie mich aber erwischt.« Ich bat sie um Verzeihung, ich hätte sie nicht erschrecken wollen. »Nein, das haben Sie nicht«, brummte sie, derweil sie den Lappen zu einer kleinen Rolle zusammenwickelte, als wollte sie mir eins überziehen. Es war ihr unangenehm, was geschehen war, ich konnte das gut verstehen, mir selbst war es auch unangenehm, und als sie nach dem Glas griff und mir anbot, ein neues zu bringen, lehnte ich ab. Nicht bloß ihr zuliebe, sondern um meinetwillen. Ich hatte so viel mehr bekommen, als ich erwartet hatte, und hatte doch so wenig in der Hand, mir fehlte die Lust, noch länger zuzusehen, wie sie vor meiner Nase scharwenzelte, ich musste trotz allem dem aufrichtigen Glauben erlegen sein, sie könnte etwas in mir erblicken, das sie alles stehen und liegen lassen und mit offenen Armen auf mich zustürzen ließ. Solche Auswüchse sind es, die einem zu Kopf steigen, wenn man sich lange, zu lange seinem eigenen Ich ausgesetzt sieht. Aber ich will nicht klagen, der Tag hatte alles in allem ganz gut begonnen, es ist nicht unwahrscheinlich, dass es einer der besseren wird, ich habe das Schreiben zwischenzeitlich unterbrochen und setze den Brief in meiner Nische fort, wo niemand mich stört, die meisten bemerken kaum, dass ich hier bin, ich selber würde es kaum merken, wenn der Körper es mir nicht in periodischen Abständen unter Zuhilfenahme einander ähnlicher Anzeichen mitteilte, namentlich furzen, rülpsen und niesen, es muss etwas in den Medikamenten stecken. Doch ich bin nicht allein deshalb zurückgekehrt, um den Brief zu vollenden, sondern um weiterzuschlafen, eine Stunde, zwei, mit ein wenig Glück, werde ich die Augen verschließen, bevor die Zeit für die Visite gekommen sein wird, ich habe im Grunde alles gesagt, was es zu sagen gab, und das ist ja nicht viel, wenn man das Endergebnis als Richtlinie heranzieht, nur der abschließende Gruß fehlt, den ich hiermit an Sie richte, es fällt mir schon schwer, die nötige Muskelanspannung aufzubringen, um die Lider offenzuhalten. Bald, nein gleich, jetzt gleich werde ich das letzte Wort schreiben. W.

Lieber Freund!

Ich erinnere mich, geschrieben zu haben, dass ich ›aufs Ganze gesehen recht froh‹ bin. Mein Herz, sofern es nicht eher das Hirn ist, spielt mir eine Art Zufriedenheit, eine Art Wunschlosigkeit vor. Jeden Morgen erkundigt man sich, wie es mir geht. An ausgewählten Tagen kommt es sogar vor, dass ich gefragt werde, ob ich eine angenehme Nacht hatte, das muss man sich vorstellen, und es gibt Stunden, da ich zum Himmel bete, ich weiß nicht zu welchem, man möge mich noch ein Weilchen hierbehalten – ich habe mich so sehr daran gewöhnt, es zu hören, dass ich vor dem Gedanken zurückschrecke, es in absehbarer Zukunft nicht mehr zu hören, die letzte Person, die eine derartige Frage regelmäßig an mich richtete, muss meine Mutter gewesen sein, es kann nicht sehr viel weniger als ein halbes Jahrhundert zurückliegen, Gott hab sie selig, es ist nicht auszuschließen, dass sie eine glückliche Frau war, ehe sie mit mir, dem Glücklosen, niederkam. Doch das will nichts heißen, sie fand vielleicht doch noch ihr Glück, letzten Endes, nachdem sie sich von mir losgesagt hatte, oder sie fand etwas anderes und gab ihm denselben Namen, es ist ein großes Wort mit wenig Inhalt, auf das alle sich gleichzeitig stürzen, gierig, durstig, wie vor einer Schanktheke mit Freibier am Straßenrand, in einem elenden Gedränge, und da ist es nur natürlich, möchte ich meinen, dass nicht für jeden etwas abfällt, immer wird es welche geben, die danebenstehen und zusehen und sich damit trösten, dass es auf lange Sicht kaum eine Rolle spielt, weil es die Maden gewiss wenig kümmert, ob man glücklich gelebt hat, sie können das glückliche Fleisch nicht aus dem glücklosen herausschmecken. Oder können sie es? Man müsste einen Entomologen fragen, es wäre eine Entdeckung überdimensionaler Größenordnung, ich stelle mir vor, wie man sich nach jahrzehntelanger Forschung am toten Objekt dazu durchringen würde, die Glücksmessung am lebenden Menschen vorzunehmen und jedem arbeitenden Bürger seine Made auf die Haut zu pflanzen, an einer wenig einsichtigen Stelle, über eine Woche oder mehr, und ihm je nach Testergebnis eine Portion Glück zu verabreichen oder zu entnehmen (unter diesen Voraussetzungen wäre es freilich ebenso unrecht, zu viel Glück zu haben), mittels Injektion oder oraler Einnahme, je nach Belieben, oder man würde … Genug davon. Ich sagte, dass ich recht froh bin. Und das ist wohl wahr, ich hatte selten ein reicheres Angebot an sozialen Kontakten, fast immer findet sich jemand, an den das Wort zu richten nicht vollkommen unsinnig ist, während des Essens oder beim gemeinsamen Fernsehen. Und ich begegne Menschen, die ich seit langem nicht gesehen habe, erst heute Vormittag traf ich unerwartet meine Cousine auf dem Gang nahe der Abteilung für Hautkrankheiten. Ich hatte sie zehn Jahre nicht gesehen, das letzte Mal auf der Beerdigung ihrer Mutter, aber ich erkannte sie sofort wieder. Ihr Gesicht war mit roten Flecken besät und auf ihrem Kinn klebte ein Pflaster, gewiss von zu heftigem Kratzen, sie hatte als Kind oft unter Ausschlägen und Juckreiz gelitten, auch ihr Oberkörper und die Arme waren davon betroffen, ich weiß noch, wie ich in meiner grenzenlosen Zuneigung zu ihr selbst anfing, mich zu kratzen, und bald nicht viel anders aussah als sie, ich erinnere mich, wie bitterlich ich geweint hatte, als unsere Wege sich trennten, es war das erste und das letzte Mal, dass ich aus einem solchen Anlass deprimiert war. Und auch sie hatte mich geliebt. Jawohl, denn es war Liebe. Was sonst mochte es gewesen sein, aus welchem Grund außer diesem hätte ich mich veranlasst fühlen sollen, ohne krankhafte Neigung oder Veranlagung meinen dicken, kleinen Körper wund zu scharren?

Ich redete sie an, hinterrücks. Sie erschrak und sagte: »Du?« Sie hatte sich in späteren Jahren eine Art zu sprechen zugelegt, einen Tonfall, der sie wenig sympathisch machte, eine Form von selbstschützender Arroganz, mit der sie wohl glaubte, sich unempfänglich zu machen für Beleidigungen und Angriffe von außen. Doch mir konnte sie nichts vormachen. Ich wusste, dass es ihr in der Zwischenzeit kaum anders ergangen war als mir, auch sie bewohnte ihren einsamen Käfig, auch sie hatte niemanden, der sich aus Mitgefühl oder Liebe die Haut für sie abschabte. Ich sagte: »Ja, ich«, worauf sie desinteressiert, beinahe abschätzig vor sich hin nickte. Das wollte ich mir nicht zu lange ansehen, aber ich fand, eine unverhoffte Begegnung wie diese sollte nicht abrupt enden, obendrein war sie trotz allem sozusagen meine einzige lebende Verwandte. Das bedeutet nicht viel, aber es bedeutet immerhin etwas.

»Wie geht es dir?«, fragte sie, was ich in Anbetracht ihres Gesichts und meines Beins für eine tendenziöse Frage hielt. Aber ich gab mich der Versuchung hin zu antworten, dass ich immer älter und einsamer würde, ich dachte, sie in ihrer Lage würde einen verzweifelten Hilferuf als solchen erkennen, immerhin waren wir eine nicht unbedeutende Zeitspanne so gut wie unzertrennlich gewesen. Aber sie starrte nur auf das Fernglas um meinen Hals. »Sieh an, das gibt es noch«, sagte sie und lachte. Was die Leute sich immer an meinem Fernglas aufhängen, es ist mir unbegreiflich. Es war kein gewinnendes Lachen. Und um ihr ein für alle Mal zu verdeutlichen, dass sie mit ihrer Art, die Tatsachen zu überspielen, vielleicht bei anderen durchkam, aber nicht bei mir, sagte ich, sie brauche gar nicht so zu tun, als ob es ihr nichts bedeute, ich wisse genau, was für Dinge sie damit in Augenschein genommen habe. »Was für Dinge?«, sagte sie. »Oh, das weißt du genau«, entgegnete ich. Es gab keinen Zweifel, dass sie es wusste, und die breite Verlegenheit, die sich gleich anschließend über ihr Gesicht legte, zeigte mir deutlich, dass ich sie an einem wunden Punkt berührt hatte. Um noch einen draufzusetzen, sagte ich, dass es mich wenig überrasche, dass sie ihren Märchenprinzen noch nicht gefunden habe, da sie insgeheim immer nur mich wollte, stellen Sie sich vor, K., das sagte ich tatsächlich. Ich fügte hinzu, vielleicht hätten wir doch heiraten sollen, wie wir es uns als Kinder vorgenommen hatten. »Dich heiraten!«, rief sie entrüstet, und natürlich konnte ich verstehen, weshalb sie sich aufregte, sie war meine Cousine, ich hatte es bloß deshalb gesagt, um sie gewissermaßen mit ihren eigenen Waffen zu bekämpfen, obwohl sie mir nichts getan hatte, sie hatte nur in ihrem blasierten, herabwürdigenden Tonfall geredet, sie, die doch um keinen Deut höher im Kurs stand. Aber um die Wahrheit zu sagen, der Gedanke schien mir in diesem Moment nicht allzu verfehlt, ich spreche nicht von Heirat, aber ich fand, dass man sich bestimmt arrangieren hätte können, in einer Art Zweckgemeinschaft, daran ist nichts auszusetzen, meiner Meinung nach, wenn es auf das Ergebnis hinausläuft, etwas weniger allein zu sein. Man müsste freilich darauf achten, sich nicht zu vermehren, es gibt weiß Gott genug unglückliche Kinder, die Welt ist voll davon, aber auch sie vermögen sich nicht zurückzuhalten und produzieren immer mehr kleine Menschen, ohne zu bedenken, dass diese Wesen nicht winzig und unbedeutend bleiben, nein, sie wachsen, und dann werden sie Finanz- oder Versicherungsbonzen, Manager, Politiker oder Massenmörder, die Grenzen sind nicht immer eindeutig, und alles das, wo es so leicht zu verhindern wäre.

Sie begriff nicht, worauf ich hinauswollte. »Wir waren Kinder!«, rief sie. Ich sagte: »Natürlich waren wir Kinder, nur deshalb habe ich es gesagt. Aber du musst zugeben, das Leben würde sich angenehmer gestalten.« »Angenehmer?«, sagte sie. »Man könnte die Miete teilen und sich beim Waschen abwechseln, und man könnte sich unterhalten, mit einer anderen Person, anstatt sich in stummen Räumen mit sich selbst zu besprechen.« »Wer sagt, dass ich mit mir selbst spreche?«, sagte sie. Sie verstummte und trat einen Schritt von mir weg. Ihr Gesicht war noch roter geworden und sie fing an, sich zu kratzen, es wirkte, als wäre sie vor dreißig oder noch mehr Jahren in eine Zeitkapsel geklettert, aus der sie jetzt vor meinen Augen herausstieg, als Raupe wohlgemerkt und nicht, wie sie es sich gewiss ausgemalt hatte, als Schmetterling. »Ich weiß überhaupt nicht, was du von mir willst«, sagte sie nach einer Pause, »das alles ist so lange her.« Ich sagte: »Ja, und das Leben war voller Überraschungen.« »Aber das Leben *ist* voller Überraschungen!«, rief sie. Es erstaunte mich, wie viel Überzeugung in ihr steckte, sie musste irgendwo tief in sich ungeahnte Mengen an Hoffnung gelagert haben, die sie jeden Morgen und Abend erhobenen Hauptes in ihrer leeren Wohnung herumstolzieren ließen, während sie zu sich selbst sagte: Das ist nicht alles, es muss noch mehr kommen, bestimmt, weil sie zu viele Romane und Schauspiele gelesen hat, und Filme gesehen, die ihr die große Idee einer uneingeschränkten, erhabenen Liebe einflößten, einer Zauberlaterne, die auf jeden ein kleines bisschen von ihrem Licht wirft, wenn man sich nur richtig positioniert oder einem das Glück zuteil wird, dass die dunklen Nebel sich verziehen. Aber das werden sie nicht, auch ihre Nebel werden sich halten, wir werden beide einsam weiterleben und weitersterben, jeder in seiner Höhle, in seiner Hölle, so sieht es aus, so ist die Welt geworden.

»Jedenfalls freut es mich, dich getroffen zu haben«, sagte ich, weil mir selbstverständlich bewusst war, dass unser Zusammentreffen sich dem Ende zuneigte, durch mein Dazutun, bevor es richtig begonnen hatte. »Ja, die Freude war meinerseits«, höhnte sie, indem sie sich zum Gehen aufmachte. »Und was das Fernglas angeht, darauf brauchst du dir weiß Gott nichts einzubilden. Wie hast du übrigens davon erfahren?« Ich antwortete, ihre Mutter hätte es mir gesagt, an ihrem Sterbebett. »An ihrem …?« Das war natürlich Unfug, es war bloß ein Witz, den ich mir auf ihre Kosten erlaubte, ich hatte nicht das geringste am Hut mit dem Tod ihrer Mutter, außerdem gibt es fraglos wichtigere Dinge, die am Sterbebett gesagt werden, so stelle ich es mir vor, ich persönlich habe mir gut überlegt, was ich sagen werde, für den Fall, dass jemand zuhört, was nicht passieren wird, aber ich werde es trotzdem sagen, ich werde sagen: Das ist alles, mehr kommt nicht. Jawohl, das werde ich sagen, denn es ist die Wahrheit.

»Mach's gut«, sagte ich, und sie sagte »Ja«, da sie sich, wie nicht anders zu erwarten, zu schade war, mir gleichfalls eine erfreuliche Zukunft zu wünschen. Sie ging, ohne sich umzudrehen. Ich blickte ihr nach, ein wenig sentimental,

das muss ich zugeben, aber es hielt nicht lange an, weil ich daran denken musste, dass bald Essenszeit war. Habe ich schon von dem Essen hier gesprochen? Es ist gut, viel mehr lässt sich darüber nicht sagen. Ich genieße die Bewirtung, so lange sie dauert. Die Tage besitzen eine Struktur, die mir ansprechend erscheint, sie wird zu einem guten Teil vom Speiseplan bestimmt, aber ist das so schrecklich? Jahrtausende lang wurde das Leben vom Speiseplan dirigiert, es scheint mir immer mehr, dass es einen nicht unbedeutenden Grund dafür gibt. Das Leben war einfacher, jedenfalls glaube ich es. Und auch die Partnerschaft war es. Für jeden gab es sein Männlein oder sein Weiblein, so scheint es, zur Fortpflanzung. Damals, als das Fortpflanzen noch einen Sinn hatte, da man doch rechtzeitig starb. Ich weiß nicht, inwiefern diese Dinge zusammenhängen, in meinem Geist. Das ist der Vorteil, wenn man niemanden hat außer sich selbst, man hat immer recht. Ich sagte, ich werde Ihnen die Vorteile nennen, bitte sehr, da ist einer. Ich werde ein andermal weiter darüber sinnieren, an einem helleren Tag.
Mit den besten Grüßen, W.

Lieber Freund!

Mehr als eine Woche ist seit meinem ersten Brief vergangen, und noch habe ich keine Antwort von Ihnen erhalten. Ich habe versucht, Sie mit dem Fernglas ausfindig zu machen, jeden Nachmittag zur gewohnten Zeit richte ich es auf den Eingang zum Friedhof in der Hoffnung, Sie zu entdecken. Doch keine Spur von Ihnen. Wollen oder können Sie nicht auf meine Versuche reagieren, Kontakt aufzunehmen? Ich habe fast niemanden außer Ihnen, und es würde mich schwer treffen, sollte ich Sie aus dem einen oder anderen Grund verloren haben. Sie wissen, dass es in unseren Krankenhäusern Besuchszeiten gibt. Nicht wahr, das wissen Sie? Antworten Sie mir, ich bitte Sie, oder kommen Sie her, am besten gleich morgen Nachmittag, das heißt an dem Tag nach dem Tag, an dem Sie diesen Brief erhalten werden, denn das ist ein anderes Morgen als heute. Und bringen Sie bei dieser Gelegenheit, falls Sie so etwas besitzen, einen Schraubenzieher mit, ich weiß nicht, welche Größe, klein. Sollten Sie sich fragen, was Sie zweifelsfrei tun, was ich damit anzustellen beabsichtige, werde ich Ihnen bereitwillig antworten: Um die Schlaufe an meinem Fernglas nachzuziehen, ich wurde heute in eine Auseinandersetzung verwickelt, unter der sie zu leiden hatte, ich hatte kurzzeitig einen neuen Zimmergenossen bekommen. Und wenn ich sage kurzzeitig, dann meine ich es. Ich saß am Fenster, als man ihn hereinbrachte, das war schließlich mein Glück, und das erste, was ich von ihm zu hören bekam, war mein eigener Name. Sie können sich meine Verwunderung vorstellen, ich höre meinen Vornamen so selten, dass mir nicht recht klar war, wie mir geschah. Ich wandte mich erschrocken um. So erschrocken, dass mir bald das Fernglas vom Hals geglitten wäre, wenn es nicht an der Schlaufe herabgebaumelt wäre, zu dem Zeitpunkt erfüllte sie noch ihre vorgegebene Funktion. »Ich wusste, dass du es bist, ich wusste es!«, rief er, »aber ich war mir nicht sicher, ob du es bist.« Im Ernst, das sagte er. Ich hielt es für eine famose Leistung, sich in einem Satz mit so wenigen Wörtern so haarsträubend zu widersprechen, und belohnte ihn, indem ich sagte, er müsse sich täuschen, ich sei es nicht. »Doch, du bist es«, beharrte er, »natürlich bist du's«, woraufhin er eine Straße nannte, eine Hausnummer und sogar eine Türnummer, bevor er sagte: »Oder hast du geglaubt, einen wie dich würde ich vergessen?« Letzteres sagte er als Anspielung auf eine Geschichte, die gut zehn Jahre zurückliegt, er hatte sich aus Gründen, die mir nicht einleuchteten, eingebildet, die Frau, mit der er damals zusammenlebte, hätte ein Verhältnis mit mir. Mit mir, ausgerechnet. Ich weiß bis heute nicht, auf welcher Grundlage diese Anschuldigung fußte, aber ich muss zugeben, die Tatsache, dass er mir eine Affäre zutraute, erfüllte mich mit Stolz, aus dem Abstand betrachtet. Damals tat es das nicht, ich hatte regelrecht Angst vor ihm gehabt, ich glaube mich nicht zu täuschen, wenn ich sage, dass er einmal sogar mein Leben bedroht hat.

Er grunzte, das war seine Weise zu lachen, und sagte, wie es aussehe, teilten wir dieses Mal nicht nur dasselbe Stockwerk, sondern sogar dieselbe Türnummer. Er fand diese Ironie offenbar komisch und setzte hinzu: »Keine Sorge, das alles ist vergeben und vergessen.« Kurz gesagt, er fing sofort wieder davon an. Ich beging den Fehler und stieg darauf ein, indem ich sagte, vergessen könne er es meinetwegen, aber vergeben brauche er mir nicht, ich hätte nichts getan. »Komm schon«, erwiderte er, »jetzt kannst du's mir sagen.« Ich reagierte nicht, nicht mit Worten, wandte mich nur ab und widmete mich einer vielversprechenderen Aussicht. Er ließ nicht locker. »Ich schwöre, es macht mir nichts aus. Die Sache hat sich erledigt, ich habe ein zweites Mal geheiratet und würde sie gar nicht mehr wollen.« Exakt das waren seine Worte, und die Selbstverständlichkeit, mit der er sie aus sich herausließ, brachte mich einigermaßen auf, ich fand, dass ich ihn nicht damit durchkommen lassen durfte, deshalb erklärte ich, dass, wenn sie mich ernsthaft hätte haben wollen, ich vielleicht, ja sogar höchstwahrscheinlich darauf eingestiegen wäre. So sei es zwar nicht gewesen, doch wenn er um jeden Preis einen Schuldigen brauche, könne er mich gern für seine Zwecke hernehmen, bestimmt hätte ich mir das eine oder andere Mal insgeheim Dinge mit ihr vorgestellt, denn das sei es schließlich, was ich tue, um zu überleben, um überhaupt zu leben. Ich musste eine Pause einlegen, um Luft zu holen. Dann sagte ich: »Ehrlich gesagt wundert es mich, dass es so lange gedauert hat. Zu meinem Bedauern war ein anderer der Glückliche –« »Wer?«, fuhr er dazwischen, »wer war es?« »Ich weiß es nicht«, sagte ich, und sogleich unterlief mir der nächste Fehler, als ich sagte, vielleicht solle er sich eher darüber wundern, dass ich der Ansicht sei, es habe überraschend lange gedauert, anstatt sich zu fragen, wer es gewesen sei. »Na, aber hör mal. Würdest du es nicht wissen wollen?« »Nein«, sagte ich, »das würde ich nicht. Außerdem würde ich nicht nach dem Wer fragen, sondern nach dem Wieso«, aber mit einer solchen Überlegung konnte er selbstverständlich nichts anfangen. Ich fand trotzdem, dass es ein würdiges Kontra war, ich hätte nichts dagegen gehabt, ihn mit diesen Worten zurückzulassen, aber da war ich bereits Opfer eines mittelmäßigen Anfalls von Selbstmitleid und Verzweiflung, und Neid, definitiv auch von Neid. Denn das war es letztendlich, worum es ging, als ich zu ihm sagte, er solle sich glücklich schätzen, jemanden zu haben, der ihn auffange, ja wirklich, ich hielt ihm einen richtig moralischen Vortrag. »Denn wenn man niemanden hat, der einen auffängt, dann fällt man. Und es ist ein tiefer Fall. Und mit jedem Mal wird es schwerer, sich aufzurappeln, und auch der Boden wird brüchig, immer brüchiger mit jedem Fall, bis man am Ende ins Bodenlose stürzt, und von dort, von diesem bodenlosen Ort aus muss man zusehen, wie die anderen von ihren Frauen oder Männern oder Vätern oder Müttern oder Kindern besucht werden.«

Und als hätte ich mich selbst nicht genug gedemütigt, begann er plötzlich, sich für meine Accessoires zu interessieren. »Was ist das da um deinen Hals, ist das …? Und das? Was ist das?«, sagte er und griff ungefragt nach dem Brief, den ich zwischen meinen Oberschenkel und den Rand des Rollstuhls gesteckt hatte, gut verborgen, wie ich mir eingebildet hatte. Aber nicht gut genug, er hatte ihn im Nu zwischen den Fingern. »Lieber Freund«, las er in einem Tonfall, mit dem er mich offenbar nachzuahmen gedachte. Ich strengte mich an, ihn ihm zu entwinden, woraufhin er ihn noch weiter in die Luft streckte. »Gib das her!«, rief ich wie ein Schuljunge, ich merkte sogar, wie meine Stimme sich veränderte, sie erreichte eine Höhe, die mich vor mir selbst erschrecken ließ, es war in jeder Hinsicht ein Tag der Demütigung. »Antworten Sie mir, ich bitte Sie«, las er höhnisch, denn das war die Stelle, an der ich nachts das

Schreiben unterbrochen hatte. »Her damit!«, rief ich erneut, doch als ich merkte, dass er nicht willens war, kampflos aufzugeben, hörte ich auf, ihn mit Worten zu traktieren, und verpasste ihm eins in die Rippen. »Au!«, rief er, allerdings ziemlich unbeeindruckt, während er mit dem Blatt Papier in der Luft wedelte, es war reichlich peinlich. Ich bemühte mich weiter, es ihm aus der Hand zu reißen, wobei es zu einem Handgemenge kam, das schlussendlich dazu führte, dass er, zunächst unbeabsichtigt, danach in vollem Bewusstsein, an der Schlaufe des Fernglases zog, fest, immer fester, er hätte mich um ein Haar erwürgt. Eine Schwester musste dazwischen gehen. »Schluss damit!«, rief sie, »das kann doch nicht wahr sein.« Aber das war es, es war die Wahrheit in ihrer lächerlichsten Form.

Nun, einen erfreulichen Aspekt hatte das Ganze, man sah sich gezwungen, uns zu trennen, das heißt, ihn in ein anderes Zimmer zu verlegen. Das konnte mir nur gefallen, ich brauchte diesen Affen nicht länger zu erdulden, es war eine große Erleichterung, ich weiß nicht, ob ich die Kraft gehabt hätte mitanzusehen, wie seine Frau, seine angebliche zweite Frau, ihn besuchen kam, und wie er sie vor meinen Augen mit Berührungen und absurden Begriffen überhäufte. Denn das hätte er getan, um mir den Rest zu geben, so einer war er. Doch ich hatte immerhin einen kleinen Sieg errungen, als ich zusehen konnte, wie man ihn aus dem Zimmer beförderte, gegen seinen ausdrücklichen Willen, er jammerte und beteuerte seine Unschuld, der andere hätte angefangen.

»Vergiss nicht, mich in deinem Liebesbrief zu erwähnen«, ließ er sich nicht nehmen, mir nachzurufen. »Keine Sorge, das werde ich«, antwortete ich, weil mir nichts Klügeres einfiel, und Sie sehen, mein lieber K., dass ich Wort gehalten habe, ich halte immer mein Wort, das ist eines der wenigen Dinge, auf die ich mich verstehe, es ist keine Selbstverständlichkeit und selten ein Vorteil, ich meine mich nicht zu täuschen, wenn ich behaupte, dass man es weiter bringt ohne diese Eigenschaft und sich stattdessen dorthin dreht, wohin der Wind weht, ich glaube, man nennt es Opportunismus, es ist ein gängiges Mittel, um dem Staub und Dreck zu entgehen, der einem von den Mitmenschen ins Gesicht wirbelt. Ich halte also Wort, indem ich von ihm berichte, und Sie würden sich wundern, wieviel Zeit und Anstrengung es mich gekostet hat, diesen kleinen Bericht zu verfassen, ohne allzu sehr auszuschweifen und dennoch ein begreifliches Bild von ihm zu schaffen. Das Absurde ist nicht leicht in Worte zu fassen, man könnte sagen, es ist überhaupt nicht in Worte zu fassen, es bleibt immer nur ein Versuch, ein jämmerlicher Versuch.

Immerhin eine positive Seite hatte die Episode, denn ich sagte zu mir, laut und deutlich und in aller Höflichkeit, wie ich es meistens mir gegenüber zu tun pflege: Du darfst die Hoffnung nicht aufgeben, es spricht nichts dagegen, dass auch du Glück erfahren wirst. Wenn es Menschen gibt, die es mit ihm aushalten, muss es auch welche geben, die es mit dir aushalten. Wie auch immer, und auf die Gefahr hin, mich zu wiederholen: Antworten Sie mir. Mit den besten Wünschen und auf ein Wiedersehen hoffend in naher Zukunft, W.

Lieber Freund!

Ich muss meine Meinung über die Krankenschwestern revidieren. Sie halten es nicht durch, über einen längeren Zeitraum ihre Freundlichkeit aufrechtzuerhalten. Sie können es nicht, oder sie wollen es nicht. Ich neige zu dem Glauben, dass sie es nicht wollen, nicht bei mir. Ich habe ihnen nichts getan. Womöglich habe ich es, ohne es zu wissen. Wenn ich es mir erklären müsste, könnte ich es, vielleicht.

Es mag vor drei Tagen gewesen sein, zur Mittagszeit, als ich an meinem angestammten Fleckchen am Ende des Flurs saß. Nein, nicht saß, stand, denn um aus dem schmalen Fensterchen spähen zu können, muss ich mich aus dem Fahrzeug unter meinem Hintern erheben – eins, zwei, Hauruck, drei, und wieder von neuem, eins, zwei, unter Keuchen und Stöhnen und Zuhilfenahme des Heizkörpers, an dem ich mich festkralle, im Affengriff. Ich stand dort nicht zufällig, ich wiederhole diesen Prozess mehrmals täglich, um ein Auge auf ein unbeschreibliches Geschöpf zu werfen, das dort unten in der Entfernung in regelmäßigen Pausen ihre Zigaretten raucht, beim hinteren Ausgang des Bankgebäudes, das ich von hier aus ohne größere Anstrengung (ausgenommen die oben erwähnte) vor die Linse bekomme. Was hinderte mich daran, Ihnen schon früher von ihr zu berichten? Antwort: Die Sprache. Sie ist ein unzureichendes Hilfsmittel, und sie ist das einzige Hilfsmittel. Ein schönes Dilemma.

Ich werde sie nicht beschreiben. Wie könnte ich es, da ich sie vor wenigen Zeilen ein ›unbeschreibliches Geschöpf‹ nannte? Doch das hat andere vor mir nicht gehindert,

Augen, Nasen, Mäuler, Wangen und Stirnen zu besingen, und weiter unten Brüste, Beine, Gesäße und so weiter, als wollten sie sich selbst nicht beim Wort nehmen. Es soll genügen, wenn ich Ihnen sage, dass ich sie in den Tagen, seit ich sie kenne – denn das bilde ich mir ein, sie zu kennen, obwohl ich sie keineswegs kenne, aber in Relation zu dem, was sie von mir weiß, mag das Wenige, das ich von ihr weiß, vielleicht als eine Art Bekanntschaft gelten –, so häufig und durchdringend angestarrt habe, dass ich mich frage, ob ihre Blusen und Blazer, Hosen und Röcke durch die Spiegelung der Sonne im Fernglas nicht den einen oder anderen Brandfleck davongetragen haben. Zirka alle neunzig Minuten tritt sie heraus, allein. Mir werden die Knie weich, wenn ich sie erblicke, ohne dass ich zu bestimmen vermag, weshalb sie es werden. Und mein Mund wird trocken, weiß der Himmel, was der damit zu schaffen hat (als ob die Verliebtheit in der Mundschleimhaut säße, aber irgendwo muss sie schließlich sitzen, bei anderen tut sie es in der Leber oder den Lungen oder den Hühneraugen, meinetwegen).

Ich habe angefangen, meinen Tagesplan nach ihr auszurichten. Es ist denkbar, dass es sich zu einer Sucht ausweitet, der Nährboden dafür ist gesät, er liegt zum Teil in mir, zum Teil in der Regelmäßigkeit ihres Erscheinens. Genauer gesagt: in der Kürze des Anblicks und den ausgedehnten Pausen dazwischen, die mich immer auf das nächste Mal hoffen lassen, beim ersten Mal des Tags auf das zweite Mal, beim zweiten Mal auf das dritte, beim dritten Mal auf das vierte, und so weiter, insgesamt fünf oder sechs Mal, sofern ich richtig gezählt habe, was wenig wahrscheinlich ist, oder gerechnet, man könnte es wohl leicht ausrechnen, acht Stunden dividiert durch eineinhalb, das wäre, das müsste

… Weiß der Teufel, ich war nie ein Freund der Zahlen. Sollen andere sich mit ihnen herumschlagen, wenn es ihnen Freude macht. Sie dort unten zum Beispiel, sie muss doch mit Zahlen und Ziffern hantieren können, und, nebenher, mit Leben, mit Glück und Unglück, indem sie vor anderen Arglosen mit größeren und kleineren Summen jongliert, um ihnen Kredite aufzuschwatzen für Villen und Vehikel, die sie weder wollen noch brauchen. Oder vielleicht wollen sie sie. Aber brauchen? Das ist ihr großes Minus. Ich bin geneigt, darüber hinwegzusehen, es muss Liebe sein. Liebe? Es gibt vielleicht andere Wörter. Aber welche? Verehrung, Bewunderung, es ist nicht wichtig, ich begnüge mich damit, sie zu beobachten, sie zu betrachten, es ist das einzige, das ich tun kann, von hier oben. Von unten auch. Das Ständesystem ist aktuell wie eh und je, die Auswahlkriterien der Liebe sind streng, sie sieht sich vor Anforderungen gestellt, die sie unmöglich erfüllen kann, und das jeden Tag, rund um die Uhr, in allen Ecken und Schlupfwinkeln der Erde. Wen wird es da überraschen, dass sie nicht in der Lage ist, alle zur selben Zeit zu bedienen, sie ist wie die einzige Köchin in einer Wirtsstube mit Abermillionen von Gästen, und alle erwarten ein exquisites, makelloses Gericht. Es gilt, sich mit dem Einfachen zu begnügen, um etwas zu haben, um überhaupt etwas zu haben. Aber heute, mein lieber K., sieht es aus, als wollte man lieber verhungern, als einen frugalen (frugalen?) Eintopf zu fressen, das ist mein Eindruck. Ich werde trotzdem nicht aufhören, sie zu bewundern. Es ist ein Spiel, mein Spiel, ich habe auch andere, aber das ist eines davon. Vielleicht, eines Tages, werde ich mich ihr präsentieren, indem ich meinen Mut zusammennehme und ihn über ihr ausgieße, oder eher: ihn über sie tröpfeln lasse, wie die letzten Reste stinkenden, gammligen Wassers aus dem Hahn eines stillgelegten Waschbeckens, das genügt. Es genügt, dass ich mir selbst zurufe: Ich bin noch nicht ganz vertrocknet! Was immer das bringen mag, da sie mich doch nicht hören kann. Unterdessen kann ich mich in Illusionen und Vorstellungen ergehen, und das tue ich, emsig und ohne Unterlass, das ist mein gutes Recht, möchte ich meinen. Doch aus meinem Herzen, sofern es nicht eher das Hirn ist, klingt traurig das Lied der Verschmähung. Es ist kein schönes Lied, die es singen, sind nicht schön zu nennen, sie singen mit falschtönender Stimme, in einem Höllenlärm, dem Lärm des einsamen Schädels. Soviel dazu. Mein Herz im Busen ist längst zum Leiden gehärtet, wo ich das wieder herhaben mag. Was die Krankenschwestern angeht, darf ich vielleicht nicht zu streng sein. Sie betrachten mich beim Betrachten, und empfinden womöglich Angst oder Abscheu, oder beides, ich kann es ihnen nicht verdenken. Bis vor kurzem wussten sie nichts von meiner Schwärmerei, jetzt wissen sie es. Oder sie ahnen es, ich ahne es. Ich argwöhne, dass sie mir deshalb ausweichen, mich meiden, um nicht zu sagen boykottieren, und wenn sie es nicht können, mich so kurz wie möglich anblicken und betatschen. Das Geschlecht seit neuestem irritiert sie nachhaltig, wenn sie es erblicken, als befürchteten sie, dass, wenn es sich erst nach ihnen ausgerichtet hat, es sie verfolgen würde und bei dem kleinsten Auslöser nach ihnen schnappen, sie schlussfolgern es aus meinem Verhalten am Fensterchen, ich hatte (vor drei Tagen, wie erwähnt) eine Begegnung dort, eine Schwester wollte wissen, was ich Interessantes beobachtete. Wäre es nur darum gegangen, die Sache hätte sich im Nu erledigt. Aber nein, sie musste unbedingt nach meinem

Fernglas greifen und höchstselbst nachsehen, ich hatte fast keine Gelegenheit, es ihr zu verwehren, sie hatte es mir in einer einzigen, unmerklichen Bewegung samt Schlaufe über den Schädel hinweg entwunden. Ich schaffte es nichtsdestoweniger, indem ich laut »Nein« brüllte und es ihr im letzten Moment entriss und an meine Brust drückte, wie einen Teddy. Was das Fernglas angeht, kenne ich keine Freunde. Sie nickte beleidigt, sie war es sichtlich nicht gewohnt, dass man sich ihr widersetzte, sie war vielleicht Oberschwester oder hatte Ambitionen, es zu werden, um auf der Leiter des Lebens nach oben zu klettern, wozu auch immer das gut sein mag, da doch alle auf denselben matschigen, unfruchtbaren Boden fallen, aus dem nichts mehr gedeiht, und zwar mit einer Wahrscheinlichkeit von hundert Prozent. »Wie du willst«, sagte sie, als hätte ich ihr bei einer Gelegenheit, die sich aus meinem Gedächtnis geschlichen haben muss, das Recht eingeräumt, die Höflichkeitsform fahren zu lassen. Sie fand es gleichwohl heraus. Ich weiß nicht, wie, ich will nur so viel sagen, ohne ihr damit etwas zu unterstellen, dass es, als ich am nächsten Vormittag, nachdem die Visite vorbei war, nach ihm griff, nicht an der üblichen Stelle hing. Oder doch, aber anders – wie, das weiß nur ich. Und sie knauserte keineswegs mit ihrem Wissen, auch die anderen wissen es, und sie veranschaulichen es mir auf die oben beschriebene Weise, sie vermuten womöglich düstere Triebe in mir, ich kreide es ihnen nicht an, es liegt vielleicht daran, dass sie zu viele Tageszeitungen oder Kriminalfilme konsumieren, die doch von nichts anderem handeln, ich wäre mir selbst gegenüber um nichts weniger skeptisch, würde ich mich nicht gut genug kennen. Aber das tue ich ja, deshalb kann ich sagen, dass er (Sie wissen, wer) nie jemandem etwas zu Leide getan hat. Hin und wieder, leise, ganz leise, macht er auf sich aufmerksam, er räkelt und streckt sich, wie um zu zeigen, dass er noch da ist, als ob das jemand interessierte, als ob es mich interessierte, diese Wurzel des Übels. Das einzig Deprimierende an der veränderten Lage ist, dass sie mir jede Möglichkeit nimmt, mit einer der Krankenschwestern vertraut zu werden. Es war immerhin eine winzige Hoffnung von mir, mich in der Zeit, da ich hier bin, von meiner besten Seite zu zeigen, sodass vielleicht eine darunter wäre, die zu sich sagte: Nanu, er ist nicht, wonach er aussieht, ich werde mal warten, ob er von sich aus Anstalten macht. Und das hätte ich, und habe es sogar, was die Sache nicht zu meinem Vorteil geraten lässt. Im Gegenteil, das eine oder andere lobende Wort, die eine oder andere ermunternde Geste wird nun mit meiner Liebe zum Beobachten in Verbindung gebracht, und daraus kann von Natur aus nichts Gutes entstehen.

Ich werde dennoch meine Fenster nicht aufgeben, solange man mir nur das Fernglas lässt. Ich habe fast nichts außer ihm, es ist mir seit Kindesbeinen ein treuer Gefährte, mein Urgroßvater hat es mir vermacht, als er starb, er musste etwas geahnt haben, es war sozusagen seine letzte Handlung in diesem Leben. Im anderen auch, gemäß meiner Vorstellung von Himmel und Hölle. Derselbe Großvater, dessen Grabstätte ich von hier aus betrachte, mit seinem eigenen Erbe. Das nenne ich Romantik. Es wird mir übrigens ins Grab folgen, dafür werde ich sorgen, mir graut vor der Vorstellung, es könnte, wenn es soweit ist, einem X-Beliebigen in die Hände fallen. Aber noch ist die Zeit nicht gekommen. Es geht nicht an, einfach aufzugeben, selbst das endgültige Aufgeben bedarf einer Anstrengung, und sogar

Mut und Entschlossenheit, das ist die eigentliche Gemeinheit. Das heißt, ich werde weiter starren und starren, in einem ewigen Kreislauf, weiter und weiter, auch unter der Erde. Melden Sie sich, um Himmels willen! Oder sollte ich Ihrer Beerdigung zugesehen haben, ohne es zu wissen? Ich hoffe es nicht, W.

Lieber Freund!

Mit meiner Genesung geht es in großen Schritten voran. Ich bilde mir förmlich ein, sie zu hören (ich meine die Schritte), sie trampeln auf meiner Schädeldecke wie eine Horde Kleinkinder, jauchzend, klatschend, aus einer unbezähmbaren Freude, dass man mich bald entlassen wird, quietschvergnügt tanzen sie auf meiner Hirnschale, als wollten sie singen: Lass Frohsinn rein, bald bist du daheim! – sie sind Kinder, sie wissen es nicht besser, in ihrem Universum existieren kein Schmerz und keine Trauer, mit Ausnahme des physischen, wenn sie sich ein Ärmchen oder Beinchen aufschürfen an einem spitzen Steinbrocken in ihrer Sandkastenwelt, sie ahnen nicht, dass die ewigen Sandkörnchen sich nach und nach in Steinbrocken verwandeln und sie dereinst froh sein werden, inmitten der schartigen Felslandschaft einen verloren geglaubten, von der unausweichlichen Transformation verschont gebliebenen Krümel zu entdecken. Ach, wie sind sie zu beneiden. Sind sie es? Ich weiß nicht.

Wenn ich an den Tag zurückdenke, da ich hier eingeliefert wurde, in einem bedauernswerten Zustand, bei vollem Bewusstsein, jedoch fast ohne Bein, kann ich nur sagen, dass mein Körper wacker gekämpft hat. Es sieht ihm nicht ähnlich zu kämpfen, noch dazu wacker, ich ziehe den Hut vor ihm, den imaginären, ich habe nie Hüte getragen. Auch Mützen und Kappen wusste ich zu meiden, um mit meiner Haarpracht zu punkten, es hat mir nicht viel gebracht, man könnte sagen, es hat mir rein gar nichts gebracht, die Zeiten, da Macht und Rang an der Behaarung gemessen wurden, sind lange vorbei. Aber meine Frisuren waren doch immer hübsch anzuschauen, wenn ich sie im Spiegel oder einer Spiegelung entdeckte, und zwar ohne dass ich etwas dazu tun musste, ich meine durch Waschen, Strählen oder Pomadisieren. Wo war ich? Ach ja. Nach einem kleineren Rückfall in der dritten oder vierten Nacht – ich habe kein Licht gesehen, das nicht, es war vielleicht ausgefallen, das würde mir ähnlich sehen – ging es seitdem bergauf, zunächst langsam, dann immer eiliger, in riesigen Schritten (schon wieder die Schritte), sodass inzwischen unverblümt davon gesprochen wird, mich innerhalb einer Anzahl von Tagen, die sich mühelos an den Fingern einer Hand abzählen lassen, zu verabschieden. Ich koste Geld, das hat man mir klar gemacht, mit einer kurzen Atempause, wie um mir Gelegenheit zu bieten, ein kleines bis mittleres Schuldgefühl zu entwickeln, und die Amtswege, so kommt es mir vor, nehmen allmählich ihren trägen, aber unaufhaltsamen Lauf. Ich mache es daran fest, dass ich heute Nachmittag Besuch bekam von einer Polizistin, die mir den lausigen Gedanken an eine Klage in den Kopf setzte. Ich erinnerte mich sofort, ihr schon begegnet zu sein, und sogar wo, es muss vor etwa einem Jahr gewesen sein, als sie mich bei den Müllcontainern (Sie wissen, bei welchen) abgemahnt hatte. Nicht aus freien Stücken, wie ich herausstreichen möchte, sondern weil ich vom Hotelpersonal gemeldet worden war. Genauer gesagt, von den Gästen, sie empfanden es wohl als Zumutung, mich beobachten zu müssen, ich kann es mir leicht ausmalen, es ist eine Zumutung mitansehen zu müssen, dass alles, was man sich im Leben an Gütern und Wohlstandsartikeln zusammengerafft hat, als Müll endet, denn das tut es, darauf läuft es hinaus, alles ist Müll, auch die Besitzer des Mülls werden Müll, früher oder später, daran führt kein Weg vorbei, doch das scheinen sie zwischendurch zu vergessen, und wenn sie daran erinnert werden, empfinden sie es als Zumutung, und da hilft nur die Polizei.

Doch das war schließlich nicht der Grund, weshalb sie mich aufsuchte. »Ach, Sie sind das!«, entfuhr es ihr, als sie das Zimmer betrat und mich in freudiger Erwartung hocken sah. Sie konnte nicht wissen, mit wem sie es zu tun haben würde. Oder doch, vielleicht wusste sie es, vielleicht habe ich mir in all den Jahren bereits einen Namen gemacht. Und sie war augenscheinlich guter Dinge, als sie mit einer aus ihrer Sicht frohen Botschaft bei mir vorstellig wurde. »Erinnern Sie sich an mich?« Das fragte sie allen Ernstes, sie vermutete vielleicht ein schlechtes Gedächtnis unter meiner modrigen Mähne. Aber nein, ich erinnerte mich. Und wie ich mich erinnerte! Ich dachte damals, wie übrigens nicht anders als heute, dass es sich bestimmt mit ihr aushalten ließe, sie war eine jener, die mit einer einnehmenden Persönlichkeit punkten, weniger mit dem Aussehen, wiewohl auch das nicht zu verachten war, ich denke dabei hauptsächlich an das Gesäß, das unvergleichliche Wechselspiel der Backen, das mich vor allen anderen aufreizenden Dingen am meisten aufreizt, wie einen Affen. Und ich stellte es mir sogar vor, ein kleiner, feiner Eintunker einmal die Woche, mit dem spannenden Knistern der Vorfreude und den ausebbenden Wogen des Nachher, das würde genügen, wenn es schon sein muss. Und das muss es, selbstverständlich muss es das, mit dem Geschlechtstrieb ist nicht zu spaßen. Ich habe geschrieben, die Brüste, Bäuche und Hintern widern mich an. Da haben Sie's, es war gelogen.

»Man hat ihn gefunden«, erklärte sie, das war ihre Botschaft. »Gefunden?«, fragte ich. »Wir wissen jetzt, wer es war.« »Wer es war?«, fragte ich. »Der Kerl, der Sie angefahren hat.« »Der Kerl?«, fragte ich. Sie wurde langsam ungeduldig vor so vielen Gegenfragen, ich sah es an ihrer Stirn, an einer langen Furche, die von zwei anderen, weniger langen durchschnitten wurde, das Ganze war einem Kreuz nicht unähnlich, vielleicht ein Symbol der Kämpferin für die gerechte Sache, denn das war sie, oder sie hielt sich dafür, ich merkte es an ihrer Enttäuschung hinsichtlich meines Betragens, sie hätte sich sicherlich ein kleines bisschen mehr Glut und Feuer erhofft, nach allem, was sie für mich getan hatte. Sie haben richtig gehört, was sie für mich getan hatte, »in die Wege geleitet«, wie sie es ausdrückte, »ich brauche nur ein wenig Ihre Mithilfe«, erklärte sie, »dann kriegen wir ihn dran, dann wird er dafür bezahlen.« »Bezahlen?«, fragte ich. Sie antwortete: »Und zwar im buchstäblichen Sinn.« Ich fragte, von wieviel Bezahlung genau die Rede sei. Nicht deshalb, weil es mir ein Anliegen war, sondern um ihr zu gefallen, mich persönlich kümmerte das Geld wenig, um genau zu sein gar nicht, und ich begann langsam mich zu fragen, was sie davon haben mochte, wenn mir eine Entschädigung zugesprochen wurde. Was hatte sie im Sinn, falls sie etwas im Sinn hatte? »Wir könnten es teilen«, sagte ich. »Teilen?«, fragte sie. »Ja, Sie und ich.« »Sie und ich?«, sagte sie. Jetzt war sie es, die mir mit Gegenfragen den Nerv zog. Ich beschloss, es ihr frei von der Seele zu eröffnen: »Oder wir könnten gemeinsam etwas damit aufbauen.« Ihr schien allmählich der rosarote Faden des Gesprächs abhanden zu kommen, ihre Stirn zeigte es mir deutlich, das Kreuz, es nahm immer groteskere Formen an. »Nicht ich, Sie!«, rief sie, »Sie sollen sich etwas aufbauen. Ich habe bereits etwas aufgebaut.« Das war es, was ich hatte hören wollen. Nein, es wäre mir lieber gewesen, ich hätte es nicht hören müssen, aber herausfinden musste ich es doch. Ich sagte es ihr, in genau diesen Worten. »Wollen Sie damit sagen…?« »Sie wissen sehr gut, was ich sagen will.« O ja, sie wusste es, und ihr Gesicht wusste es, mir tat es fast ein bisschen leid, sie so zu sehen, sie gehörte nicht zu der Sorte, die sogar in Verlegenheit eine gute Figur macht. Ich wollte ihr entgegenkommen, diesbezüglich. Mir fiel nichts anderes ein, als mich zu bedanken, »für Ihre Mühen«, wie ich es ausdrückte, obgleich ich nicht wissen konnte, inwiefern sie darunter zu leiden gehabt hatte, immerhin war das ihr Beruf. Aber einen kurzen Moment hatte ich mir die Freiheit genommen mir einzubilden, sie hätte es nur meinetwegen getan, aus einem Motiv, das auf Wechselseitigkeit beruhte.

»Nein, bedanken Sie sich nicht«, sagte sie. »Oder tun Sie es, indem Sie die Mühen nicht umsonst sein lassen und Klage einreichen. Es ist alles vorbereitet, um ihn dranzukriegen.« Das war ihr Lieblingswort an diesem Tag, drankriegen, irgendetwas ließ dieser kleine Begriff in ihr aufschäumen. Ich erklärte ihr, ich würde darüber nachdenken. Sie wollte wissen, was um alles in der Welt es da nachzudenken gebe. Und dann äußerte sie etwas, das mich im Handumdrehen auf die Palme brachte, sie sagte: »Ich weiß genau, dass Sie das Geld brauchen.« »Geld! Geld!«, rief ich, weil sie nicht um die Burg aufhören wollte, mir damit in den Ohren zu liegen, sie begriff anscheinend überhaupt nichts. Und sie hatte noch nicht genug, sie bohrte weiter: »Und wenn ich Ihnen sagte, dass es sich bei der betreffenden Person um den Landtagsabgeordneten M. handelt? Würde Sie das vielleicht umstimmen?« Ich hatte keinen Schimmer, weshalb ich dadurch meine Meinung umwerfen sollte, jedenfalls wusste ich nun, was sich hinter ihren Mühen verbarg, sie gehörte offenbar einer verfeindeten Partei an und hatte nichts anderes im Kopf, als meine persönliche Sache für ein lächerliches politisches Kalkül zu benutzen. Es war zum Kotzen, mein lieber K., das sage ich Ihnen frei heraus, es hätte nicht viel gefehlt, dass ich einen kleinen Rest Brot oder Käse oder Marmelade vom Frühstück heraufbefördert hätte, um es ihr vor die Zehen zu klatschen, wenn nur der Verdauungsprozess nicht zu weit fortgeschritten gewesen wäre. Ja wirklich, ich hätte es getan, so gut kennen Sie mich. Da ich ihr jedoch vegetativ nicht beikommen konnte, musste ich es verbal tun. Und das tat ich, ich sagte, sie könne ihr Geld behalten. »Mein Geld?«, fragte sie. Ich sagte: »Nein, natürlich ist es nicht Ihr Geld«, obwohl es zu einem gewissen Grad doch stimmte, aber was hätte ich stattdessen sagen sollen, präzise Angaben eignen sich nicht für wütende Sätze, es wäre kaum sinnvoll gewesen, von der möglichen künftigen Zahlung eines mutmaßlichen Straftäters zu sprechen, versuchen Sie selbst, mein lieber Freund, einen solchen Inhalt in einer angriffslustigen Äußerung zu transportieren, Sie werden scheitern, wie es letztendlich alle Streitgespräche tun. Und nicht nur die Streitgespräche, alle Gespräche. Ich fügte hinzu, um es ihr verständlicher zu machen, unter diesen Umständen interessiere ich mich nicht für ihr Geld (ich sagte es absichtlich wieder: ihr Geld, um sie auf ihre eigene, private Palme zu treiben, um sie nicht auf die Idee zu bringen, sich an meiner zu vergreifen). Sie fragte: »Diesen Umständen?« »Diesen politischen Umständen«, antwortete ich. In ihrem Gesicht lagen keinerlei Zeichen, dass sie verstand, und das war ja wenig überraschend, die Politik vernebelt jedes vernünftige Hirn. Da rief ich auf einmal zu meinem Erstaunen: »Und Sie habe ich einmal geliebt!« Es war ein bisschen unsinnig, dass ich das sagte, wie hätte ich sie lieben können, da ich ihr nur ein einziges Mal begegnet war? Und in welcher Verbindung stand es zu dem, was davor gesagt wurde? Und was sollte das heißen, geliebt? Ich hätte sie lieben können, vielleicht. Ich würde nicht die Hand dafür ins Feuer legen. Aber ich hätte mich auch ohne Liebe in ihre Arme gestürzt, wenn sie es hätte zulassen wollen, man muss die Arme nehmen, wie sie kommen, das ist die neue Regel, das ist die alte Regel. Ihr Erscheinen an diesem Tag hatte etwas in mir bewirkt, ich wurde mit einem Schlag daran erinnert, was ich nicht hatte und nicht haben würde, ich stand jäh auf Kriegsfuß mit meiner Einsamkeit und meinem Alter, es war kein Ausweg in Sicht, ich hätte ebenso gut nach ihrer Pistole greifen können und sie gegen meinen Kopf richten. Ich hätte es vielleicht tun sollen. Ich werde es vielleicht ein andermal tun.

Ich wollte, dass sie ging. Ich sagte es ihr. »Was habe ich Ihnen getan?«, fragte sie. Ich antwortete, im Grunde hätte sie mir nichts getan. »Dann werden Sie die Klage einreichen?« Ich antwortete, ich würde es tun, ihr zuliebe. Und dann weinte ich. Es sah gewiss widerlich aus. Sie beugte sich zu mir, es war ihr zuzutrauen, dass sie glaubte, ich weinte vor Glück. Sie war keine kluge Polizistin. Mit herzlichen Grüßen, W.

Lieber Freund!

Das Unverhoffte ist mir widerfahren! Ich werde vielleicht doch nicht einsam und verlassen ins Grab wandern. Eine Frau ist in mein Leben getreten. Und was für eine Frau! Ich will es Ihnen berichten, der Reihe nach, um den Witz nicht von hinten aufzurollen. Um Sie zu überraschen. Um Sie so zu überraschen, wie sie mich überraschte.

Ich sah sie nicht zum ersten Mal. Schon in den vergangenen Tagen hatte sie bei der einen oder anderen Gelegenheit den Kopf zu mir hereingestreckt, zögernd, um ihn in der nächsten Sekunde wieder einzufahren, wie eine Schildkröte, als habe sie etwas Abscheuliches erblickt. Da sie jedoch wiederkehrte, und sogar mehrmals, konnte es so abscheulich nicht sein, sofern sie nicht gewissen Neigungen nachhing. Hätte ich nur die leiseste Möglichkeit entdeckt, sie zu fassen zu kriegen, hätte ich sie eher gefragt, weshalb sie mir nachstellte. Aber sie ließ mir keine Chance dazu, so schnell verschwand ihr Hals zwischen den Schultern, und der restliche Körper hinterdrein, und ihr nachzueilen brauchte ich mich nicht zu bemühen. Wer garantierte mir übrigens, dass sie nach mir Ausschau hielt und nicht nach einem der anderen Beeinträchtigten, die mir die Ruhe störten? Ein Gefühl sagte es mir. Alle Achtung, ein Gefühl. Und die Zimmergenossen selbst sagten es mir, es musste offensichtlich sein, dass ich ihr Auserwählter war, da sie doch sonst nie bereitwillig Zugeständnisse machen, es sind die üblichen Neider, Lügner und Argwöhner, wie im Übrigen fast alle Zweibeiner. Das ist der Nachteil der menschlichen Gattung, sie ist überall. Der Vorteil ist, dass sie sich selbst auslöschen wird. Das ist der einzige Vorteil. »Sieh einer an«, sagten sie, oder: »Die hat dich am Haken«, oder: »Die würdest du nicht von der Bettkante schubsen«, mit brünstigen Hinweisen auf ihren Busen, die Länge der Beine oder die Haarfarbe. Nicht zu vergessen das Alter. Sie war jung, höchstens halb so alt wie ich selbst. Nein, jünger, viel jünger. Das war einer der Punkte, der mich an meinem Glück zweifeln ließ. Die anderen können Sie direkt davor nachlesen.

Ich fing an, Ausschau nach ihr zu halten, indem ich zu mir sagte: »Nur Mut, es ist nicht unüblich, dass junge Frauen sich für reife Männer begeistern, warum solltest nicht du einer davon sein?« Ich murmelte es mir zu, während ich die Gänge durchforstete und in die offenen Zimmer spähte. Auch das Personal entging meinem forschenden Blick nicht, ich hatte sie anfangs nur halsaufwärts gesehen, darunter hätte sich alles mögliche abspielen können, sie war vielleicht Reinigungskraft, Krankenschwester oder Ärztin, ein kurzer Blick auf ihr körperbedeckendes Rangabzeichen hätte es mir gesagt. Sie war nichts davon, so viel kann ich Ihnen verraten. Allmählich wagte sie es immer länger, mich anzuglotzen. Auch ich wagte es immer länger. Was sie davor zurückschrecken ließ, ganz einzutreten, war die Tatsache, dass ich selten allein im Zimmer war. Sie hatte keinen Schimmer von meinen Wegen und Routinen, den Fenstern und meiner Nische. Hätte sie einen gehabt, hätte sie mich mühelos allein antreffen können, wenn es das war, was sie wollte. Was wollte sie? Die Frage quälte mich erstaunlich spät. Die nächste lautete folgerichtig: Was wollte ich? Ich habe die Blonden immer gemieden, oder sie haben mich gemieden. Die Brünetten auch, desgleichen die Rothaarigen sowie alle anderen Farben eines nicht sonderlich reichen

Spektrums. »Wenn er dich nicht will, kannst du bei mir einsteigen«, kam es aus dem Bett neben mir. »Nein, bei mir!«, hörte ich von der anderen Seite, wie auf dem Jahrmarkt, es war kaum auszuhalten, wenngleich ich zugeben muss, dass ich die Erregung nachvollziehen konnte, sie reizte den Paarungstrieb auf eine Weise, die gewiss über dem Durchschnitt lag. Dann geschah es. Sie fasste sich ein Herz und trat ein, ich glaube, es war der siebte oder achte Anlauf. Und zum ersten Mal fiel das Wort, das meine gesamte Existenz auf den Kopf stellte: »Vater?«

Sie fragte es, als ob ich darauf hätte antworten können. Ich durchstöberte mein Gedächtnis, um ihre Mutter darin ausfindig zu machen, ich wandelte in einer diesigen Landschaft voll vermoderten Gesträuchs und ausgedorrter Kloaken, ohne Ergebnis. Da und dort, auf verborgenen Pfaden, die es doch gab, stolperte ich über einen verdrängten Schenkel oder eine vergessene Arschbacke, verborgen in einem Nebel der Unwirklichkeit, der mir jede Möglichkeit nahm, ein Gesicht auszumachen. Sie war immer noch da, als ich von meiner kleinen Reise zurückkehrte. Es lag demnach keine Verwechslung vor, sie hatte sich nicht in der Tür geirrt. Und wie hätte sie sich irren sollen, da sie so oft hier herumgestreunt war, um ihren Augen zu trauen. Mir fiel nichts Klügeres ein, als sie zu fragen, wer ihre Mutter sei. Sie sagte es mir. In mir läutete nicht eine einzige Glocke. »Der Name sagt mir nichts«, erklärte ich. »Es heißt, ich sehe ihr ähnlich.« »Das Gesicht sagt mir auch nichts«, erwiderte ich, worauf sie einen Schritt an mich herantrat, als unterstellte sie mir ein schlechtes Sehvermögen. »Näher«, sagte ich, um sie zu foppen. Sie trat näher. »Noch näher«, sagte ich. Als sie sich zu mir herabbeugte, gab ich ihr einen Kuss. Sie erschrak. Ich erschrak um nichts weniger. »Was soll das!«, sagte sie. »Verzeihung«, sagte ich, »ich glaubte, es muss sein.« Ich hörte Lachen ringsum aus den Betten, es störte mich nicht. Ich bat sie nochmals um Verzeihung, ich hätte keine Ahnung, was sie von mir erwarte. Ich fügte hinzu: »Ich bin alt«, als ob das etwas erklärte. »So alt sind Sie gar nicht«, sagte sie. Ich fragte, was sie glaube, wie alt ich sei. Sie nannte eine Zahl, es war die korrekte. Daraufhin enthüllte sie mir ihr Alter, welches ich augenblicklich in meinem schweren Geist von meinem subtrahierte. Das Resultat war bemerkenswert. Welches Resultat wäre das nicht gewesen? Und es war gewiss nicht bemerkenswerter als der Sachverhalt meiner Vaterschaft. Apropos Sachverhalt, ich fragte, wie sicher sie sei, auf einer Skala von eins bis zehn, dass ich derjenige sei, für den sie mich halte. »Zehn«, antwortete sie. Ich fragte, ob sie unbedingt einen Vater brauche, nachdem sie so lange ohne ausgekommen war, das heißt, ob sie einen wolle, einen wie mich. »Wollen Sie keine Tochter?«, fragte sie. »Doch!«, rief ich, es musste sehr laut aus mir herausgetönt sein, sogleich kam eine Schwester angelaufen, um nach dem Rechten zu sehen. Ich sagte, sie solle aufhören, mich in der Höflichkeitsform anzureden, und streckte ihr die Flosse entgegen. Daraus lässt sich ersehen, wie es um mein Gemüt bestellt war, eben noch hatte ich sie geküsst, jetzt reichte ich ihr die Hand. Da fiel mir ein, dass ich ihren Namen nicht kannte. Sie nannte ihn mir. »Was für ein schöner Name!«, brüllte ich, obwohl ich nicht wusste, ob es ein schöner Name war, ich habe mich nie für Namen interessiert, ich wäre imstande, meinen eigenen zu vergessen, müsste ich ihn nicht pausenlos auf Formulare und Anträge kritzeln, um mir mein Fressen und Saufen zu sichern.

Sie wollte sich einen Stuhl greifen, um sich neben mich zu setzen. »Nein«, sagte ich, »wir gehen.« »Gehen? Wohin?«, fragte sie. Ich sagte: »Weg von denen«, indem ich sie auf die gierigen Augen und Ohren aufmerksam machte. Ich deutete auf die Handgriffe hinter meinem Rücken, die sie ohne Federlesens ergriff. Es war ein Vergnügen, von ihr geschoben zu werden, ich zeigte ihr meine Nische und auch mein Stammcafé, und schließlich den Park, wo ich sie bat, mich vor einer Bank abzustellen, auf die sie sich setzte, damit ich sie sehen konnte. »Wird das da wieder?«, fragte sie und wies auf mein ausgestrecktes Gipsbein, das fast, was heißt fast, das ganz bis zu ihr reichte, mit einem großzügigen Lüftungsloch für die Hammerzehen und den wild wuchernden Nagelpilz, der ihr freudig entgegenwinkte. Immerhin konnte sie sich ein Bild davon machen, was sie zu erwarten hatte. Um aber auf Nummer sicher zu gehen und abwegige Hoffnungen im Keim zu ersticken, sagte ich: »Ich kann dir kein Geld geben.« Im selben Moment, als ich es sagte, hätte ich es wieder zurücknehmen müssen. Ich hatte ja ein wenig Geld in Aussicht! Ich sagte es ihr nicht. Hätte ich es ihr sagen sollen, um sie nicht ebenso schnell zu verlieren, wie ich sie gewonnen hatte? Muss man sich die Liebe seiner Kinder erkaufen? Ich wusste es nicht. Ich hatte keine Ahnung, was die modernen Töchter und Söhne von ihren Erzeugern verlangten. »Es geht mir nicht um Geld«, sagte sie. »Nein?«, fragte ich. »Nein.« »Dann wolltest du mich vielleicht bloß kennenlernen?«, fragte ich. »Ja«, sagte sie. »Bist du sehr enttäuscht?« »Enttäuscht?«, sagte sie. In dieser Art ging es einige Minuten weiter, sie sagte einen kurzen Satz, danach sagte ich einen kurzen Satz. Doch als sie abermals nach meinem Bein fragte, erzählte ich es ihr, es war alles in allem keine große Geschichte, aber sie genügte, um als etwas wie ein Auslöser zu dienen. Sie hatte mir einiges zu sagen, und auch mir brannten Fragen auf der Zunge, nicht zuletzt über ihre Mutter, ich glaube, wir saßen annähernd drei Stunden am selben Fleck, ohne zu trinken, mein Gaumen war von dem fortdauernden Gebrauch der Sprache so ausgedorrt, dass ich drei Gläser des lieblichen Weins nacheinander in mich hineinleerte. Sie küsste mich zum Abschied. »Ich würde dich gern wiedersehen«, sagte sie, »vielleicht einmal die Woche.« »Nur einmal die Woche?«, sagte ich. »Für den Anfang«, sagte sie. »Aha«, sagte ich, »aber ich werde doch bald entlassen, und außer dir habe ich niemanden.« Das war so recht bezeichnend für mich, sie reichte mir den kleinen Finger, und ich grapschte nach ihrer ganzen hübschen Hand. »Wann wirst du entlassen?«, fragte sie. »Morgen«, sagte ich, man hatte es mir kurz vor ihrem Besuch eröffnet. »Schon morgen?«, sagte sie. Ich nickte. Zum ersten Mal seit einiger Zeit empfand ich kein Selbstmitleid bei dem Gedanken, nicht länger in dieser geschlossenen Welt verbleiben zu können. »Und du hast wirklich niemanden?« Ich antwortete: »Nein, niemanden.«

Ich hoffe, Sie sehen es mir nach, mein lieber K., dass ich unsere Freundschaft vor ihr geheim hielt, es schien mir eine zu günstige Gelegenheit, um auf ihre noch junge, vielleicht unverbrauchte Mitleidsdrüse zu drücken. »Gut«, sagte sie, »ich werde da sein.« »Wirklich? Du wirst wirklich da sein?« Sie können sich vorstellen, wie sich das in meinen Ohren anfühlte, und erst einen Stock tiefer in den Gedärmen, es grummelte und rumorte, als wollten sie sich vor Freude erleichtern. Sie wird mich also abholen. Ich stelle mir das Gesicht der Schwestern vor, wenn ich morgen Nachmittag von ihr aus dem Gebäude kutschiert werde. Auch mein eigenes stelle ich mir vor, es ist denkbar, dass es bis zur Unkenntlichkeit entstellt sein wird, ich habe so selten vor Glück gelacht oder gelächelt, dass die mimischen Muskeln sich vor Verwirrung zu einer hässlichen Fratze verziehen werden (noch mehr, als sie es jetzt tun). Doch bei all der Freude, die dieser Tag mit sich brachte, gab es einen Gedanken, der alle anderen überstrahlte, er betraf meinen längsten, treuesten Freund, und auf dem ganzen langen Weg vom Café in mein Zimmer sagte ich zu mir: Nun hast du doch jemanden, dem du dein Fernglas vererben kannst. Ich weiß nicht, warum ausgerechnet dieser Gedanke sich vor alle anderen drängte, unverschämt und unnachgiebig, mit wild rudernden Ellbogen, als ob er es furchtbar eilig hätte, er zwängte, ja boxte sich durch die Warteschlange anderer Gedanken, die darauf warteten, gedacht zu werden, es hatte, zu guter Letzt, vielleicht doch etwas mit der Angst vor der Auslöschung des Stammbaums zu tun, so lächerlich es auch war. Ich meine die Vorstellung, dass ich der letzte wäre, und dass sie (die Vorstellung) urplötzlich aufhörte, mir Frieden zu bescheren. So leicht wirft man seine Prinzipien über den Haufen, wenn einem das eigene Blut vor die Augen tritt. Ich habe also doch meinen Beitrag zur Erhaltung der Art geleistet, ohne es zu wissen. Ich werde den Brief an dieser Stelle beenden, ich würde sonst noch in Rührseligkeit verfallen. Und es wird mein letzter Brief sein. Wenn es wahr ist, werden Sie die junge Dame bald selbst kennenlernen, es wird eine meiner ersten Handlungen sein in der freien Wildnis, mich von ihr zu Ihrer Behausung kutschieren zu lassen, wo ich Sie wohlbehalten anzutreffen hoffe. Und wenn nicht wohl, Sie überhaupt anzutreffen. W.

Inhalt